Angelika Niestrath · Andreas Hüging

ROKI

Mein Freund mit

Herz und Schraube

ANGELIKA NIESTRATH ANDREAS HÜGING

ROKI

Mein Freund mit Herz und Schraube

Mit Bildern von
Nikolai Renger

cbj

Inhalt

Ein geheimnisvoller Mieter

Schon wieder Stromausfall! Als Paul an diesem dämmerigen Herbstabend in seine Straße einbog, sah er es schon von Weitem: Links und rechts erstrahlten die Fenster der Nachbarhäuser in hellem Licht. Nur sein Zuhause, die Nummer 70, lag in völliger Dunkelheit. Und das schon zum sechsten Mal in sieben Tagen! Auch VALERIES SPÄTI, der kleine Kiosk im Erdgeschoss von Nummer 70, war stockfinster. Nicht mal die schicke Leuchtreklame über der Tür brannte noch. Dabei war Valerie so stolz auf die bunten Buchstaben! Valerie, so hieß Pauls Mutter. Und ein Späti hieß eigentlich Späti, weil man dort noch Milch und Schokolade kaufen konnte, wenn alle anderen Läden längst geschlossen hatten. Aber ohne Licht ging das natürlich nicht.

Paul legte seinen Schulrucksack auf die Bank vor dem Schaufenster und spähte neugierig hinein. Dazu musste er seine Nase richtig an der Scheibe platt drücken, so dunkel war es. Doch dann entdeckte er eine Kerzenflamme, die zwischen den Regalen umhergeisterte. Das war sicher seine Mutter auf dem Weg ins Treppenhaus! Dort hing der verstaubte Kasten mit den elektrischen Sicherungen. Wegen der ständigen Stromausfälle musste Valerie ihn neuerdings fast täglich kontrollieren.

Zuletzt erst heute Morgen beim Frühstück: Gerade als Paul seine Brote in den Toaster schieben wollte, ging plötzlich gar nichts mehr. Der Toaster war kalt geblieben, die Frühstückseier hatten ihren Tanz im Kochtopf unterbrochen, und heißen Kakao hatte es auch keinen gegeben.

Beim Gedanken an heißen Kakao seufzte Paul sehnsüchtig. Er bibberte in der kühlen Abendluft. Zum Glück ging jetzt endlich drinnen das Licht wieder an.

Schnell schnappte Paul sich den Rucksack und schlüpfte in den wunderbar warmen Laden. Dort duftete es wie immer nach Kaffee, Lakritz und selbst gebackenem Zitronenkuchen. Für diesen Kuchen war Valerie im ganzen Viertel berühmt. Für Paul war es sogar der beste Kuchen der Welt! Gerade hatte er sich ein großes Stück aus der Vitrine genommen, da kam Valerie aus dem Treppenhaus zurück.

„Hallo, Großer“, lächelte sie. „Stell dir vor, wir hatten schon wieder Stromausfall!“

„Hab's gesehen“, mampfte Paul. „Ich wette, das hat etwas mit Adam zu tun.“

Adam Batomil war ihr neuer Nachbar und Paul fand ihn äußerst interessant. Adam war nämlich Wissenschaftler. Vor Kurzem hatte er das Lager hinter Valeries Kiosk gemietet und darin seine Werkstatt eingerichtet.

Paul hätte zu gerne gewusst, was für geheime Experimente Adam dort durchführte. Doch bis jetzt hatte er es noch kein einziges Mal geschafft, auch nur einen klitzekleinen Blick hineinzuwerfen. Die Tür blieb stets fest verschlossen. Der Wissenschaftler hatte sogar ein Schild angebracht:

„Vorsicht Experimente – Zutritt strengstens verboten!

Weil Adam in den alten Lagerraum gezogen war, musste Valerie neuerdings alle Vorräte in ihren kleinen Kiosk quetschen. Dort war es nun noch enger als zuvor. Zwischen Regalen voller

Kartoffelchips und Klopapier drängelten sich Zeitungsständer und Getränkekisten. Man konnte sich kaum noch bewegen. Doch in Valeries Gesicht war jetzt wieder viel Platz für Lachen und gute Laune. Seit Adam die Miete für das Lager zahlte, war die Geldsorgenfalte auf ihrer Stirn fast völlig verschwunden.

Deshalb nahm sie den Wissenschaftler auch sofort in Schutz: „Also, Adam ist ganz bestimmt nicht schuld an den Stromausfällen", sagte sie. „Die Leitungen in diesem alten Mietshaus sind einfach schlapp wie weich gekochte Makkaroni: eine Lampe zu viel, und zack! – ist alles zappenduster."

„Weich gekochte Makkaroni?" Paul prustete. „Trotzdem, irgendein Geheimnis hat Adam in der Werkstatt versteckt – etwas, das Tag und Nacht bewacht werden muss. Er schläft ja sogar dort!"

„Ja und?" Valerie zuckte mit den Schultern.

„In einem Raum ohne Fenster? Das ist doch verdächtig!" Paul wollte gerade energisch von seinem Kuchen abbeißen, da – PENG! – ging mit einem kleinen Knall schon wieder das Licht aus. Herzhaft gruben sich Pauls Schneidezähne in seinen Daumen.

„Aua", schrie er auf, „jetzt reicht es mir aber!"

Genervt stolperte er durch den Laden Richtung Hausflur.

„Geh bloß nicht allein an den Sicherungskasten", rief Valerie ihm hinterher. „Das ist gefährlich!"

Ein Kater mit Ufo

Im Treppenhaus war es stockdunkel. Vorsichtig tastete Paul sich nach rechts vor, bis er mit dem Fuß an die unterste Treppenstufe stieß. Jetzt wusste er, wo er war: Irgendwo links musste der Sicherungskasten sein, und dahinter, am Ende des Flurs, lag die Werkstatt des Wissenschaftlers. Paul lauschte angestrengt in die Dunkelheit. Nichts zu hören. Er tapste ein Stück weiter, bis er mit lautem Scheppern in ein abgestelltes Fahrrad hineinstolperte.

„Aua!", schimpfte Paul, „Fahrräder im Flur sind verboten!"

Plötzlich hörte er, wie die Tür mit dem Warnschild geöffnet wurde. *Bestimmt will Adam auch zum Sicherungskasten,* überlegte Paul. Vorsichtshalber drückte er sich eng an die Wand. Nicht dass er auch noch den Wissenschaftler umrannte! Aus der Werkstatt wehte ein seltsamer Geruch durch den Flur. Paul schnüffelte: Klebstoff ... verschmortes Plastik ... und Salamipizza? Eine merkwürdige Mischung. Seine Neugier auf den geheimnisvollen Nachbarn wurde immer größer. Wenn er nur etwas sehen könnte!

Zum Glück erschien in diesem Augenblick Valerie im Flur. In der Hand trug sie einen Teller mit brennenden Kerzen. Flackerndes Licht verbreitete sich im Treppenhaus und an den Wänden tanzten große Schatten. Schnell machte Paul ein paar Schritte auf Adams Werkstatt zu. Er wollte endlich einen Blick in ihr ehemaliges Lager werfen. Doch prompt erschien der Erfinder in der Tür und verdeckte ihm die Sicht. *Wieder Pech gehabt!*

Adam blinzelte ins Kerzenlicht. „Hallo, Valerie – hi, Paul", sagte er und schob sich verlegen die Brille hoch.

Paul bemerkte, dass das dicke schwarze Gestell direkt über der Nase zerbrochen war. Adam hatte es mit einem Stück Klebeband zusammengeflickt. Hastig schritt er an Paul vorbei und steckte seinen Kopf mit den wuscheligen dunklen Haaren zwischen die Sicherungen.

„Sorry", sagte er, „der Stromausfall ist wohl meine Schuld."

„Siehst du?" Triumphierend schaute Paul zu seiner Mutter.

Doch Valerie hatte ihm schon den Rücken zugedreht und leuchtete Adam mit den Kerzen. Bald waren sie beide bis zum Popo in dem staubigen Sicherungskasten verschwunden.

Wie magisch angezogen wanderte Pauls Blick zum Ende des Flurs. Adams Tür war im schwachen Kerzenschein gerade noch zu erkennen – und sie stand einen Spalt weit offen. Das war *die* Gelegenheit! Ohne länger zu zögern, schlich Paul auf die Werkstatt zu. Ein seltsames Surren kam aus dem dunklen

Raum. Noch ein vorsichtiger Schritt, da huschte etwas direkt über dem Boden an der Tür vorbei. Blitzschnell war es wieder verschwunden. Was mochte das gewesen sein?

Paul warf einen kurzen Blick zu Adam und Valerie und holte tief Luft – alles unverändert. Mit pochendem Herzen drückte er die Tür zur Werkstatt ein Stück weiter auf und lugte hinein. Hier drinnen war der Geruch nach Plastik und Pizza noch viel stärker. Hoffentlich musste er nicht niesen!

Plötzlich ertönte eine stotternde Stimme aus der Finsternis:

„Krrrr! Gugugu trrrk uten tatatak! Hicks!"

Paul fuhr vor Schreck zusammen. Was war das?

„Piiijub!" Ein hoher Piepton unterbrach kurz das Gestotter, dann ging es wieder los: „Brrrf! Bibibittetette – rururuff rufzufzenenen Sie-i-i-i-!"

Merkwürdig! Paul platzte fast vor Neugier. So weit es ging, reckte er den Kopf in die Werkstatt. „Wer ist da? Ich verstehe nur Bahnhof!"

„Aha! Ba-ha-hahnhof – *piiijub*!", antwortete die Stimme.

In diesem Moment floss der Strom wieder durch die alten Leitungen. Summend startete eine Neonröhre und tauchte den Raum in grelles Licht.

„Huch!" Paul musste erst einmal heftig blinzeln. Dann staunte er ungläubig: Ein seltsames rundes Ding sauste an der Türöffnung vorbei. Das musste der Schatten von eben gewesen sein.

Bei Licht sah es aus wie ein fahrender Blumenuntersetzer oder wie ein Ufo. Und auf diesem Ding saß – ein großer gelber Kater!

Paul musste grinsen. Der Kater war im ganzen Viertel bekannt. Er hieß Pendler, weil er mal hier und mal dort in der Nachbarschaft wohnte – je nachdem, wo es ihm gerade am besten gefiel. Nun war er offenbar zu Adam in die Werkstatt gezogen, überlegte Paul. Und er pendelte nicht mehr zu Fuß, sondern auf einem Ufo! Das war seltsam genug. Aber dass der Kater jetzt auch noch sprechen konnte? Ausgeschlossen. Die merkwürdige Stotterstimme musste jemand anderem gehören. Nur wem?

Leider kam in diesem Moment Adam vom Sicherungskasten zurück. Ohne ein Wort eilte er an Paul vorbei in seine Werkstatt und zog die Tür hinter sich zu.

„Was hat er denn?“, fragte Valerie ratlos.

„Ist doch klar“, sagte Paul, „er hat etwas zu verbergen.“

Pauls zweite Chance

„Hi, Mama! Stell dir vor, in der Schule haben wir … Hallo? Was macht ihr denn da?“ Als Paul am nächsten Nachmittag in den Kiosk stürmte, blieb ihm mitten im Satz die Spucke weg: Valerie und Adam standen dicht nebeneinander hinter dem Kassentresen und beugten sich über die Kaffeemaschine. Eigentlich waren nur ihre Hinterteile richtig zu sehen – genau wie am Abend zuvor.

„Sucht ihr den Sicherungskasten?“ Paul kicherte. „Der hängt aber im Flur.“

„Schön wär’s, Großer“, seufzte Valerie und winkte matt in seine Richtung. „Diesmal ist leider die Kaffeemaschine kaputt. Adam schaut gerade, ob er sie reparieren kann.“

„Ich geb mein Bestes“, nuschelte Adam mit der Nase in der Maschine. „Aber in dem Ding steckt ja mehr Technik als in einer Mondrakete.“

Mondrakete? Paul musste lachen. „Ich will auch mal gucken!“

„Erst die Hausaufgaben, Paul“, mahnte Valerie.

„Lalala-laaaangweilig! Mach ich später.“ Paul versuchte, über den Tresen zu schauen. Doch seine Mutter drückte ihm bloß ein Stück Zitronenkuchen in die Hand und wies mit dem Finger nach oben. Dort, eine Etage über dem Kiosk, wohnten Paul und Valerie.

„Manno!“ Widerwillig bummelte Paul Richtung Treppenhaus und sang dabei laut vor sich hin: „Lalala-laaangweilig, lalala-laa-angweilig, lalalaa – “

„Pijub? – pijub!“

Paul stockte. Das war doch wieder dieses merkwürdige Geräusch! Mit großen Augen starrte er auf die andere Seite des Flurs, und da war sie: seine zweite große Chance, das Geheimnis um Adams Werkstatt zu lüften.

Der Wissenschaftler hatte wieder einmal vergessen, die Tür zu schließen – er war anscheinend ganz schön schusselig! Auf Zehenspitzen schlich Paul sich näher heran.

Die Werkstatt

Auch in Adams Werkstatt gab es eine Kaffeemaschine. Allerdings eine uralte. Sie stand auf einem Regalbrett, das außerdem noch eine Menge Bücher und zwei Kakteen beherbergte. Die übrigen Bretter waren mit Computerbildschirmen vollgestellt. Ein Gewirr von verschiedenfarbigen Kabeln quoll dahinter hervor. Wie ein übermütiges Schlangenballett kringelten sie sich in großen Schleifen bis auf den Fußboden hinunter. Dort verteilten sie sich auf die vielen Computer, die überall in der Werkstatt herumstanden.

Paul blieb in der Mitte des Raums stehen und schaute sich um. Das schlechte Gewissen plagte ihn nicht allzu sehr – schließlich hatte Adam die Türe ja selbst aufgelassen, oder? Außerdem sah es hier drinnen gar nicht besonders geheimnisvoll aus. Gegenüber der Tür gab es eine lange Arbeitsplatte mit noch mehr Computern. Daneben döste eine vertrocknete Topfpflanze. Alle paar Sekunden raschelten ihre gelben Blätter im Wind eines Ventilators. An der anderen Wand stapelten sich Unmengen leerer Pizzakartons. Daher kam also der Salamigeruch! *Dieser*

Adam hat ja einen ganz schönen Pizzafimmel, dachte Paul. Dann entdeckte er eine flache runde Scheibe unter dem Regal – das Ufo von Pendler! Diesmal nahm er das Ding genauer unter die Lupe. Auf der Oberseite war ein Name aufgedruckt: HOOVER-ROBOT 1200. Ein Staubsaug-Roboter! Doch das alles war noch keine Erklärung für Adams Heimlichtuerei – oder? Und woher waren die seltsamen Geräusche gekommen? Paul sah sich weiter um. Eine Ecke der Werkstatt war durch eine Stellwand verdeckt. Ob dahinter ein geheimes Experiment verborgen war? Zögernd machte Paul einen Schritt auf die Stellwand zu, da stupste ihn plötzlich etwas von hinten am Bein.

„Mau!"

„Pendler! Hast du mich vielleicht erschreckt!"

Auf lautlosen Pfoten war der gelbe Kater hereingekommen. Ohne sich weiter um Paul zu kümmern, lief er direkt auf den Pizzaschachtelturm zu und ließ sich entschlossen davor nieder.

„Deshalb bist du also hier eingezogen." Paul ging ein Licht auf. Der verfressene Kerl hatte es auf Adams Pizzareste abgesehen.

Pendler schnurrte erwartungsvoll, die Augen hatte er starr auf den obersten Karton geheftet.

„Pizza Diavolo, extra scharf", entzifferte Paul die Aufschrift. „Du willst ja wohl nicht bis da oben raufklettern, oder?", warnte er den Kater. „Diavolo ist mit Peperoni, die brennen ganz gemein im Mund!"

„*Pijub* – Aha!“, tönte es mit einem Mal durch die Werkstatt. „Dididi – hicks – avolo scharrrrrrrfafafaf – hicks.“

Das war sie wieder, die Stotterstimme! Nur, dass sie jetzt anscheinend einen üblen Schluckauf hatte.

„Aha – hicks. Huhu-Hunger! Pijub. Hicks“, bestätigte die Stimme.

Der Schluckauf kam eindeutig hinter der Stellwand hervor. Paul wurde es unheimlich. Ganz langsam bewegte er sich rückwärts zur Tür. Doch kaum hatte er zwei Schritte nach hinten gemacht, da setzte sich auch die Stellwand in Bewegung. Kratzend und knirschend ruckelte sie über den groben Steinboden auf Paul zu.

„*Pijub* – hicks! *Pijub*.“

Nichts wie weg hier!, dachte Paul. Eilig stolperte er zurück in den Flur – und prallte mit der Nase gegen den Kittel von Adam Batomil. Beinahe war er froh, ihn zu sehen.

Adams Geheimnis

„Damit ist mein Geheimnis jetzt wohl für die Katz“, seufzte Adam.

Paul schaute unsicher zu ihm auf. Bestimmt würde es gleich Ärger geben.

Doch zu seiner Überraschung lächelte der Wissenschaftler ihn an.

„Ich glaube, es ist Zeit, dass du jemanden kennenlernst“, sagte er und ging zielstrebig auf die Stellwand zu.

Was hat der vor? Wen soll ich kennenlernen? Paul dachte an Adams kaputte Brille und musste schlucken. Was, wenn hinter dieser Wand etwas Gefährliches versteckt war?

„Keine Angst.“ Adam winkte ihn näher heran. „Er ist sicher auch schon ganz neugierig auf dich.“

Langsam schob der Wissenschaftler die Wand beiseite. Wieder kratzte und quietschte es – und dann schaute Paul direkt in zwei große, leuchtende Augen. Das eine war blau, das andere grün. Sie steckten in einem eiförmigen Kopf und blinkten ihn abwechselnd freundlich an. Links und rechts standen zwei lustige runde Ohren ab. Eine Nase konnte Paul nicht entdecken. Da war nur eine Reihe winzig kleiner Löcher, wie bei einem Salzstreuer. Man sah sie nur, wenn man wirklich ganz, ganz genau hinschaute. Auch ein Hals war nicht zu sehen. Der Kopf saß direkt auf einem rundlichen Körper aus weißem Kunststoff. Auf zwei wackligen Metallbeinen torkelte das Ding durch die Werkstatt auf ihn zu.

Adam klatschte vor Freude in die Hände: „Deine ersten Schritte … wir haben es geschafft!", rief er begeistert.

„Aber was ... hallo?" Paul war völlig baff. Vorsichtshalber trat er ein Stück zurück.

„*Piiijub* – Huhuhu – hicks – Hunger!", sagte der ulkige Knirps. „Hicks!"

Adam stöhnte. „Schon wieder dieser elektronische Schluckauf. Das kommt bestimmt vom Stromausfall."

„Elektronischer – was?", staunte Paul.

„*Piiijub* – Schluck-kuck-uck – hicks – uckauf. Aha!", machte der kleine Kerl.

Eifrig zeigte er auf seinen Bauch. In rasender Geschwindigkeit liefen dort neonfarbene Zahlen und Buchstaben über ein großes Display.

„Huhu-Hunger – hicks. Akku laden!"

Adam lachte glücklich. Schnell fischte er eins der vielen Kabel vom Boden und reichte es Paul. „Hier, gib ihm was zu essen."

„Wie denn?“ Paul verstand nicht gleich. Doch der Knirps hob einen Arm und zeigte auf eine kleine Steckdose an seiner Seite.

Paul schwitzte vor Aufregung. Es war gar nicht so einfach, den Stecker einzustöpseln. Der Roboter – oder was immer es war – zappelte ungeduldig und drehte seinen Kopf mit den blinkenden Augen in alle Richtungen.

„Huhu – hicks – Hunger!“

Adam gluckste. „Lass es dir schmecken! Aber sei nicht so gierig, sonst fliegt die Sicherung wieder raus.“

Paul schossen tausend Fragen durch den Kopf. Doch seine Zunge fühlte sich noch immer ganz verknotet an.

„Was – Wer ist das?“, stammelte er schließlich.

„Das ist ein Minibot“, erklärte Adam stolz. „Der erste selbstlernende Roboter der Welt! Gestern konnte er nur ‚Papa‘ sagen.“

„Papa?“, wunderte sich Paul.

„Na ja“, meinte Adam, „ich habe ihn schließlich erfunden. Und ich war der erste Mensch, den er erblickt hat, also dachte ich mir …“

„Pa – hicks – Papa“, bestätigte der Minibot. Dann setzte er sich wieder in Bewegung.

Besorgt beobachtete Paul, wie der Knirps ungeschickt in der Werkstatt herumtaumelte. Alle paar Sekunden eckte er krachend irgendwo an. Doch Adam schien das gar nicht zu stören.

„Er lernt laufen, siehst du?“, erklärte der Wissenschaftler. „Kleine Kinder brauchen dafür Monate. Der Minibot schafft das in wenigen Stunden.“

Pendler verhaut sich

Während der kleine Roboter weiter seine Runden drehte, saß Pendler in einer Ecke der Werkstatt und schmollte. Dieses seltsame weiße Ding auf zwei Beinen war dem Kater gar nicht geheuer. Vor allem das Kabel, das der Knirps hinter sich herzog – das sah ja aus wie eine Hundeleine! Pendler hasste Hunde. Große, kleine, dicke, dünne, einfach alle Hunde. Ganz besonders, wenn sie es auf sein Essen abgesehen hatten. Und dieser freche weiße Eindringling stolperte genau auf den Stapel Kartons mit den köstlichen Pizzaresten zu. Hallo? Deswegen war Pendler doch überhaupt erst hier eingezogen; die gehörten ihm ganz alleine!

Ärgerlich wischte sich der Kater mit der Pfote über den Kopf. Auf seiner Nase fand er einen angetrockneten Mozzarellafaden. Er schnüffelte kurz daran, dann schüttelte er ihn ab. Anschließend schlenderte er zum Ventilator und pupste ausgiebig. Das war seine Art, gegen den ungebetenen Mitesser zu protestieren. Herausfordernd schaute er zu Adam auf.

„Uäh, das stinkt!“, beschwerte sich Paul.

„Sag mal, Pendler, muss das sein?“ Der Wissenschaftler hielt sich die Nase zu.

„Du weißt ganz genau, dass wir kein Fenster zum Lüften haben.“

Doch der Kater beachtete die beiden schon nicht mehr. Mit gesträubtem Nackenfell starrte er auf den Roboter. Der war nämlich gerade dabei, seinen Arm nach den Pizzakartons auszustrecken. Da platzte Pendler endgültig der Pelzkragen.

Verblüfft sah Paul zu, wie der Kater zum Angriff überging: Mit großen Sätzen sprang er zu dem runden Staubsaugautomaten. Er setzte sich darauf, drückte geschickt eine Pfote auf den Startknopf und fuhr los. Weil es rund um den Pizzaschachtelberg immer viele Krümel gab, steuerte der Sauger automatisch in diese Richtung. Pendler brauchte bloß zu warten, bis er nah genug an den Pizzarestedieb herangefahren war. Schon fuhr er die Krallen aus und zielte.

„Vorsicht!“, warnte Paul den kleinen Roboter.

Doch zu spät: Mit einem Hieb riss der Kater den elektrischen Knirps von den Füßen.

Mit großen Augen schaute Paul zu Adam. Doch der Wissenschaftler notierte sich ganz gelassen etwas auf einem Klemmbrett.

„Jetzt bist du an der Reihe, Minibot“, murmelte er vor sich hin.

Und tatsächlich: Der Roboter klapperte ein paar Mal mit

seinen leuchtenden Augen, dann stand er auch schon wieder auf den Beinen.

Der Staubsauger mit dem Kater obendrauf nahm inzwischen Kurs auf die Schlafecke, in der Adam seine Nächte verbrachte. Dort stand eine schmale Liege mit ein paar alten Kissen und einem knuddeligen Schlafsack. Pendler legte die Ohren an und verschwand samt seinem fahrbaren Untersatz unter dem Bett. Als er wieder auftauchte, war sein Pelz voller Staubflocken. Nun surrte das Gefährt zum zweiten Mal auf den Roboter zu.

Erneut hob der Kater die Pfote, zielte – und traf ins Leere! Der Minibot war dem Angriff geschickt ausgewichen. Doch der automatische Staubsauger raste unbeirrt weiter auf den Pizzaschachtelturm zu. Erst im letzten Moment drehte die Maschine ab und warf Pendler glatt aus der Kurve. Fauchend schoss der Kater mit

den Pfoten voran in die Pizzakartons. Der oberste Karton mit den Resten der *Pizza Diavolo* flog auf. Eine übrig gebliebene scharfe Peperoni wurde hinausgeschleudert und landete – Pech für Pendler! – direkt im weit aufgerissenen Maul des Katers.

„Hmpf!“ Pendler schluckte, nieste und schüttelte sich. Dann raste er durch eine Katzenklappe in der Tür davon.

Adam und Paul schauten ihm noch überrascht hinterher, da ließ ein unerwartetes Geräusch sie herumfahren.

„Hehehehe! Hicks – hehe!“ Auf wackeligen Beinen stand der kleine Roboter da. Irgendetwas ließ ihn regelrecht erbeben. „Hehehehehehe – hicks!“

Das Roboterkind

„Was ist das?“ Besorgt schaute Adam auf seinen Roboter. „Ist dein Schluckauf schlimmer geworden?“

„Hehehe – hicks – hehehe!“

„Defekt“, stöhnte Adam. „Er muss zu viel Strom abbekommen haben.“

Doch Paul hatte eine andere Idee: „Vielleicht … Ich meine, kann es sein, dass er … lacht?“

„Heheheh – hicks – aha!“, machte der Roboter.

„Dass er … was hast du gesagt?“ Adam war vor dem Kleinen auf die Knie gegangen.

„Dass er lacht“, wiederholte Paul. Inzwischen war er sich fast sicher.

„Ausgeschlossen“, flüsterte der Wissenschaftler. „Das habe ich doch überhaupt nicht programmiert!“ Forschend schaute er seinem kleinen Roboter ins Gesicht. „Ist das wahr? Du kannst lachen?“

„Bot! Hehehe.“ Die großen Augen blinkten fröhlich, das eine blau, das andere grün. „Hehehehe – hicks. *Piiijub.*“

„Er lacht wie ein kleines Kind“, fand Paul. „Na ja, ein Roboterkind.“

„Robo – hicks – boki. Aha! ... Roboki – hicks!“

Adam schüttelte verwirrt den Kopf, aber Paul hatte schon wieder eine neue Idee: „Ro ... und Ki – halb Roboter und halb Kind“, rief er aufgeregt. „Roki! Wäre das nicht ein toller Name für den Minibot?“

„Rrrooo – hicks – ki! Roki“, kam es sofort begeistert zurück. „Bot!“

Die Augen des kleinen Roboters leuchteten so hell, dass die ganze Werkstatt in blau-grünem Licht schimmerte wie verzaubert.

„Boah, ist das schön!“

Paul und Adam zuckten zusammen. Keiner von ihnen hatte Valerie kommen hören. Staunend stand sie in der Tür und betrachtete die blau-grüne Lichtershow. Dann entdeckte sie den kleinen Roboter.

„Was ist das denn?“, fragte sie baff.

„Du meinst: Wer ist das denn“, verbesserte Paul sie. „Das ist Adams Roboterkind. Es heißt Roki.“

„Aha“, meinte Valerie trocken.

„Aha – hicks“, machte Roki. „*Piiijub*.“

Paul kicherte. Und jetzt musste auch Valerie lachen.

„Eigentlich wollte ich nur nachsehen, was das hier gerade für ein Krach war“, sagte sie zu Adam. „Aber die Frage hat sich wohl erledigt.“ Sie zeigte auf den eingestürzten Pizzaschachtelturm und grinste. „Ich muss schon sagen, früher sah es hier ordentlicher aus. Aber wenigstens wissen wir jetzt, was du uns die ganze Zeit verheimlicht hast.“

„Verheimlicht? Ich – euch – was denn?“, druckste Adam verlegen.

„Zum Beispiel dieses ulkige Ding da“, sagte Valerie und schaute zu Roki hinüber.

Adam seufzte. „Gut, ich habe den Minibot in euerm Lager versteckt“, gab er zu. „Aber es gibt auch wirklich sehr wichtige Gründe dafür! Soll ich es euch erklären?“

Paul schaute gespannt zwischen den beiden hin und her. Er hätte zu gerne noch mehr über Adams Geheimnisse erfahren. Und er hatte Glück, denn seine Mutter nickte. „Ich schließe nur schnell den Laden ab, dann bin ich ganz Ohr“, verkündete sie.

Zwei Neugiernasen

Fünf Minuten später standen drei Flaschen Limonade auf dem langen Arbeitstisch der Werkstatt. Valerie öffnete zischend die Deckel und steckte drei Strohhalme hinein, dann setzte sie sich erwartungsvoll auf Adams Drehstuhl.

„Schieß los", sagte sie, „wir wollen alles wissen!"

„Also gut", begann Adam. „Wie ich Paul schon gesagt habe, ist der Minibot" – er räusperte sich – „also Roki ist eine besondere Erfindung von mir."

„Der erste selbstlernende Roboter der Welt", rief Paul dazwischen.

„Genau." Adam nickte ihm zu und sog schlürfend an seinem Strohhalm. „Mhm, lecker."

„Was bedeutet selbstlernend genau?", wollte Valerie wissen.

„Ganz einfach", sagte Adam: „Alles, was Roki hört oder sieht, speichert er ab und vergisst es nie wieder. Und weil er von Natur aus neugierig ist, lernt er ständig etwas dazu."

„Von Natur aus neugierig?" Valerie schmunzelte. „Klingt, als würdest du von Paul reden."

„Mama!“ Das war Paul echt peinlich. Doch Adam nickte ernsthaft.

„Stimmt genau“, sagte er zu Valerie. „Roki hat mehr Ähnlichkeit mit einem Kind, als ich gedacht hätte. Dass er lachen kann, zum Beispiel ... Technisch ist das eigentlich gar nicht möglich. Keine Ahnung, wie er das geschafft hat.“

Kopfschüttelnd stürzte der Wissenschaftler den Rest seiner Limo in einem Zug hinunter. Dann rülpste er laut und wurde prompt rot.

„Oh, ’tschuldigung. Ist aber auch wirklich lecker, das Zeug.“

Paul grinste. „Ingwer-Rhabarber. Meine Lieblingslimo.“

„Ich glaube, meine ab jetzt auch.“ Adam hielt seine Flasche hoch. „Prost, Paul.“

„Aha! Gluckgluck ... Bööörps.“

Alle Köpfe drehten sich zu Roki.

„Seht ihr, was ich meine?", rief Adam stolz. „Jetzt kann er schon rülpsen!"

„Sensationell." Valerie lachte so sehr, dass ihr die Tränen kamen. „Nur eins verstehe ich noch nicht", sagte sie schließlich, immer noch kichernd. „Warum willst du ihn unbedingt geheim halten?"

„Du hast es ja eben selbst gesagt." Adam wurde schlagartig wieder ernst. „Roki ist eine echte Weltsensation. Schon bevor er lachen konnte – und jetzt erst recht. Viele Wissenschaftler würden alles geben, um an meine Pläne zu kommen. Einer von ihnen hat sogar schon versucht, sie zu stehlen!"

„Ein Kollege von dir wollte den Bauplan für Roki klauen?", staunte Valerie.

„Und ob", nickte Adam. „Dieser Ludek Neklapil – so heißt mein Kollege – war immer schon sehr ehrgeizig. Nicht ausgeschlossen, dass er noch einmal versucht, an Roki heranzukommen, besonders jetzt, wo er fertig gebaut ist."

„Komischer Name", meinte Paul. „Ludek Nekla – Nekli – was?

„Ne-kla-pil", verbesserte Adam, „Professor Ludek Neklapil. „Versteht ihr jetzt, warum ich mich mit Roki bei euch versteckt habe? Hier findet ihn so schnell keiner. Das heißt, wenn du uns erlaubst, hierzubleiben." Fragend schaute er Valerie an. „Und wenn ihr beide mir helft, Roki geheim zu halten."

Der kleine Roboter war inzwischen zu Paul gewandert. Kaum zu glauben, aber in der kurzen Zeit waren seine Schritte schon viel sicherer geworden. Jetzt streckte er vorsichtig eine Hand aus und betastete Pauls Nase. Grün und blau blinkten seine wissbegierigen Augen.

„Pa...Pa...Pa... – hicks! – Paul. *Piiijub.* Aha!"

Roki hatte sich seinen Namen gemerkt! Vor Stolz wurde Paul ganz warm. Schnell schaute er zu Valerie hinüber.

„Adam und Roki dürfen doch hierbleiben, oder?", fragte er hoffnungsvoll.

„Habe ich denn überhaupt noch eine Wahl?", fragte seine Mutter zurück. „Wie es aussieht, haben wir ab heute zwei Neugiernasen in der Familie."

Nock – nock – nock!

„Laterne, Laterne …“, tönte es etwas schief von der Straße herauf.

In der Wohnung über dem Kiosk lehnte sich Paul aus dem offenen Fenster und staunte: Unzählige Laternen zogen über den Bürgersteig. Die gelben, orangen und roten Lichter schaukelten im Dunkeln auf und ab wie ein Schwarm riesiger Glühwürmchen. Jedenfalls stellte Paul sich das so vor, denn echte Glühwürmchen hatte er in der Stadt noch nie gesehen. Eigentlich sollte er ja sein Zimmer aufräumen, aber das musste jetzt warten.

„Sonne, Mond und Sterne …“

Paul summte das Lied leise mit und spürte nun doch ein klitzekleines bisschen Neid. Für die Kinder im Viertel war der jährliche Laternenumzug immer ein großes Ereignis. Bis vor Kurzem hatte Paul noch überlegt: Sollte er sich auch eine Laterne basteln oder war er inzwischen zu alt dafür? Schließlich ging er schon in die dritte Klasse. Doch seit es Roki gab, hatte er daran keinen Gedanken mehr verschwendet. Was war schon ein Laternenumzug gegen einen echten Roboter im Haus?

Nock, nock, nock.

Es klopfte an der Wohnungstür. Wer konnte das sein? Valerie hatte Paul eingeschärft, keine Unbekannten in die Wohnung zu lassen. Aber klopfen? Das taten eigentlich nur die Nachbarn aus dem Haus. Ein Fremder würde doch klingeln – oder?

Nock! Nock! Nock!

Da war das Klopfen wieder – diesmal lauter und energischer. Auf Zehenspitzen schlich Paul in den Flur. Er zog sich einen Hocker heran und linste durch den Türspion ins Treppenhaus. Niemand zu sehen. Das war nun wirklich äußerst merkwürdig. Sollte er die Tür aufmachen und nachschauen? Paul streckte zögernd seine Hand aus, da –

NOCK-NOCK-NOCK-NOCK!

Vor Schreck fiel er vom Hocker und landete unsanft auf dem Po. Dann entdeckte Paul über seinem Kopf ein seltsames grünes Licht. Es leuchtete hell wie ein Laserstrahl. Und es kam von draußen durch den Türspion! Paul wurde es unheimlich. Schnell lief er zum Telefon und wählte Valeries Nummer. Doch dann, gerade als das erste Freizeichen ertönte, hörte er im Flur ein wohlbekanntes Geräusch.

„Pijuii – hicks! – jub."

„Roki!" Paul legte das Telefon beiseite, rannte zur Tür – und staunte: Direkt vor seiner Nase hing der kleine Roboter fast zwei Meter hoch in der Luft! Die Hände hatte er links und rechts gegen den Türrahmen gestemmt wie zwei Wagenheber.

Anscheinend kann er seine Arme ausfahren, überlegte Paul. *Klar! So hat er es auch geschafft, durch den Türspion zu leuchten!*

„Haha – hicks – lo, Paul. *Piiijub*. Aha!“

Als der Roboter Paul erblickte, ließ er sich geschickt auf die Fußmatte herunter. Entschlossen marschierte er in die Wohnung und war gleich darauf in Pauls Zimmer verschwunden.

„Hallo, wo willst du denn hin?“, wunderte sich Paul. Kam es ihm nur so vor oder war der Knirps schon wieder ein ganzes Stück selbstständiger geworden?

Das Telefon klingelte – Valerie machte sich Sorgen. „Du hast versucht, mich anzurufen“, sagte sie. „Ist alles in Ordnung, Paul?“

„Alles okay, bloß Fehlalarm“, erklärte Paul grinsend. „Roki ist anscheinend ausgebüxt. Er untersucht gerade mein Zimmer.“

„Na, vielleicht hilft er dir ja beim Aufräumen“, lachte Valerie erleichtert. „Aber im Ernst, bring ihn schnell zurück zu Adam. Der vermisst seinen Wunderknaben bestimmt schon.“

„Mach ich, Mama.“

Doch als Paul kurz darauf in sein Zimmer kam, machte er erst einmal gar nichts. Er staunte bloß schon wieder: Roki hatte in der kurzen Zeit tatsächlich alles tipptopp aufgeräumt – und zwar nach Farben! Im Regal lagen jetzt nur noch rote Sachen: rote Stifte, rote Socken, das Mathebuch mit dem roten Umschlag und alle roten Mensch-ärgere-dich-nicht-Figuren. Pauls grüner Turnbeutel, die Unterhose mit dem Krokodil und alle anderen grünen Sachen waren im Bettkasten gelandet. Die linke Schrankhälfte war komplett gelb sortiert, die rechte blau. Alle bunten und gemusterten Sachen hatte Roki in der Spielzeugkiste verstaut.

„Danke fürs Aufräumen, Roki", kicherte Paul. Er freute sich schon auf Valeries Gesicht, wenn seine Mutter diese neue Ordnung sah.

„*Piiijub!* Aha!"

Roki war inzwischen auf das Fensterbrett geklettert und schaute hinaus auf die bunten Lichter des Umzugs.

„Lala – hicks – terne!"

Vor Aufregung zappelte er hin und her wie ein kleines Kind.

„Pass bloß auf, Roki!" Schnell sprang Paul zum Fenster und zog den Roboter behutsam zurück auf den Boden. „Lass uns jetzt lieber zu Adam gehen, okay? Ich glaube, du brauchst bald was zu essen."

Du bist doch geheim!

Langsam und vorsichtig, Stufe für Stufe, half Paul Roki die Treppe hinunter. Doch kaum waren sie unten angelangt, machte der kleine Roboter sich los und wackelte überraschend schnell Richtung Haustür davon.

„Halt, warte!“ Paul schüttelte verdutzt den Kopf. Er vergaß immer wieder, wie rasant Roki dazulernte. Schon hatte der Knirps die Türe geöffnet und schaute neugierig hinaus auf die Straße. Paul beeilte sich hinterherzukommen.

„Nicht, Roki, wenn dich jemand sieht“, rief er aufgeregt, „du bist doch geheim!“

Doch zu spät. Eine junge Frau kam schwungvoll von draußen herein und stolperte beinahe über den kleinen Roboter.

„Mama mia, was ist das denn?“, rief sie und starrte verblüfft in Rokis blinkende Augen. „Hat der Zwerg seine Laterne verschluckt?“

Sie trug eine knallrote Motorradjacke und einen rot-weiß gestreiften Helm mit der Aufschrift: RISTORANTE SUBITO

„Hallo, Gina“, kicherte Paul erleichtert. Seit Adam bei ihnen

SUBITO
PIZZA

eingezogen war, gehörte Gina fast schon zur Familie. Beinahe täglich kam sie mit ihrem Roller vorbei und brachte frische Pizza. Auch jetzt hatte sie einen dampfenden Karton dabei.

„Ciao, Paolo. Hast du ein neues Spielzeug?“, fragte sie Paul und zwinkerte ihm zu.

„Das ist Roki“, erklärte Paul stolz. „Adam hat ihn erfunden. Aber das ist streng geheim.“

„Na, dann sollte Adam aber besser auf seine Erfindung aufpassen“, meinte Gina vorwurfsvoll und deutete auf die verschlossene Werkstatt. „Ist er nicht da? Die Pizza wird doch kalt!“ Energisch klopfte sie an die Tür.

Erst jetzt fiel Paul wieder ein, dass er ja eigentlich Roki zurückbringen wollte. Schnell drehte er sich um – und das Herz rutschte ihm in die Hose: Roki war nicht mehr da. Dann sah Paul die offene Haustüre und wusste sofort, was passiert war.

„Roki will zum Laternenumzug“, rief er Gina zu, „sag Adam Bescheid! Ich finde ihn, versprochen!“ Und schon rannte er hinaus auf die Straße.

Draußen waren unzählige Kinder mit ihren hin und her schaukelnden Laternen unterwegs. Unmöglich, in diesem Durcheinander einen kleinen Roboter zu finden. Doch vor dem Laden entdeckte Paul Ginas geparkten Roller. Er stieg auf das Trittbrett, um sich einen besseren Überblick zu verschaffen, und hielt sich am Lenker fest.

Paul sah, dass die Kinder sich jetzt langsam auf den kleinen Park zubewegten, der genau in der Mitte des Viertels lag. Und dort, ganz an der Spitze des Umzugs, strahlten zwei Lichter heller als alle anderen – das eine blau, das andere grün. *Roki!*

Erleichtert sprang Paul vom Roller-Trittbrett und begann, sich einen Weg durch die singenden Kinder zu bahnen. Alle paar Meter hüpfte er zwischen den vielen Laternen hoch, um Roki nicht aus den Augen zu verlieren. Doch in dem dichten Gedränge kam er einfach nicht schnell genug voran. Nun blieben auch noch alle stehen, um ein neues Lied anzustimmen.

„Ich gehe mit meiner Laterne und meine Laterne mit mir …"

Vor drei Jahren, als Paul noch in die Kita *Kiezkäfer* ging, hatte er das auch gerne gesungen. Besonders den Schluss, den man so schön mitbrüllen konnte. Doch in diesem Augenblick war ihm gar nicht nach Singen zumute. Das blau-grüne Leuchten war längst nicht mehr zu sehen. Aber – *Moment mal.* Was war das denn?

„Da o-hoben leuchten die Steerrr – hicks – ne, und u-hunten leu-heuchten – hicks – wirrrr."

Paul grinste. Jetzt musste er nur noch seinen Ohren folgen.

Ein Notfall

Als Paul Roki endlich eingeholt hatte, sang der Roboter gerade seine Lieblingsstelle: „Rabim – hicks – mel, rabammel – hicks – ra – hicks – bum!“ Zum Glück hatten die meisten Kinder nur auf ihre Laternen geachtet und den leuchtenden Knirps einfach übersehen. Doch nicht alle – ein kleines Mädchen hielt stolz Rokis Hand. Es sah aus, als wollte sie ihn nie mehr loslassen.

Schnell stellte Paul sich den beiden in den Weg. „Sorry, aber den kannst du nicht einfach mitnehmen“, sagte er bestimmt.

So leicht gab die Kleine aber nicht auf. „Er hat Schluckauf, er muss zum Doktor“, erklärte sie wichtig.

„Quatsch, er gehört Herrn Batomil! Der wohnt bei uns, also gib ihn her“, forderte Paul und griff nach Rokis anderer Hand.

„Du tust ihm weh!“, protestierte das Mädchen. Dabei riss sie so kräftig an dem Arm aus Plastik und Metall, dass es knirschte.

Sofort ertönte ein lautes Alarmsignal. Erschrocken ließen Paul und das Mädchen gleichzeitig los und starrten auf den Roboter.

„Guten Tag, ich bininin – hicks – Roki. Dies ist-t-t-t ein Notruf. *Piiiiijuuuuub!* Bitte bringen Sie mich nach Hause.“

Während Roki sprach, leuchtete das Display auf seinem Bauch auf.

Im Notfall benachrichtigen:
Adam Batomil
Telefon 0049-30-77333362
Stargarder Straße 70 (hinten im Flur)
10437 Berlin – Germany
adam@roki-web.de

„Na, glaubst du mir jetzt?“ Paul zeigte auf die neonfarbene Schrift.

„Kann noch nicht lesen“, antwortete das Mädchen und griff wieder nach Rokis Hand.

Paul tat so, als läse er Wort für Wort von dem Display ab: „Die Polizei ist schon unterwegs. Lauf lieber schnell zu deiner Mama“, sagte er extra langsam und deutlich.

Das Mädchen bekam große Augen. Dann drehte es sich blitzschnell um und rannte den letzten Laternen hinterher, die gerade um die Ecke verschwanden.

Paul und Roki blieben alleine zurück. Einen Moment lang standen sie einfach nur da und sahen sich neugierig an: zwei graue, ein blaues und ein grünes Auge.

„*Piiijub.* Haha – hicks – hallo Paul!“, sagte der kleine Roboter schließlich.

„Hallo, Roki“, erwiderte Paul. „Wollen wir nach Hause gehen?“

„Nach – hicks – Hause“, willigte Roki ein.

„Dann komm.“ Diesmal nahm Paul den kleinen Roboter ganz fest an die Hand. “Adam vermisst dich bestimmt schon. Er muss jetzt unbedingt etwas gegen deinen Schluckauf unternehmen.“

Paul war gespannt auf Adams Gesicht, wenn er ihm den Ausreißer heil zurückbrachte. Doch Adam hatte sich inzwischen selbst auf die Suche gemacht. Und so kam alles ein bisschen anders.

Glück im Unglück

„Gib Gas, da vorne ist er!“

Paul und Roki überquerten gerade die Straße am Park, als sie plötzlich Adams Stimme hörten. Der Wissenschaftler saß hinter Gina auf dem Roller und fuchtelte aufgeregt mit den Armen. Seltsamerweise trug er einen Schlafanzug, dazu einen dicken Schal und einen Schutzhelm auf dem Kopf. „Da, mit Paul bei der Buchhandlung“, rief er, „Gott sei Dank!“

Roki und Paul hatten die andere Straßenseite erreicht und standen jetzt vor der Tür des Buchladens an der Ecke. Normalerweise schaute Paul sich immer gern die bunten Auslagen an, doch heute waren ihm Bücher und Spielzeug ausnahmsweise völlig egal. Aufgeregt winkte er Adam zu. Der Wissenschaftler winkte erleichtert zurück. Doch direkt gegenüber, gut versteckt zwischen den Sträuchern am Parkeingang, saß jemand, dem das alles gar nicht gefiel: Pendler! Beim Anblick des kleinen Roboters ließ der Kater seine Schwanzspitze aufgeregt durch die Luft peitschen. In seinem Hals brannte noch immer die Peperoni. Und in seinem Bauch brodelte es vor Wut. Pendler drückte sich flach auf die Erde, den Blick hatte er jagdlustig auf Roki geheftet. Er brachte die Pfoten in eine optimale Absprungposition, wackelte kurz mit dem pelzigen Hintern – und schoss mit einem gewaltigen Satz aus seinem Versteck auf die Straße.

„Vorsicht, Gina, da ist Pendler!" Adams Hände krallten sich in ihre Schultern.

Gina trat auf die Bremse, doch zu spät! Um den Kater nicht über den Haufen zu fahren, musste sie einen wilden Schlenker machen. Bockig wie ein Rodeopferd donnerte der Roller den Bordstein hinauf und weiter ins Gebüsch am Park. Pendler war mit dem Schrecken davongekommen.

Aber was war mit Adam und Gina? Besorgt wollte Paul zur Unfallstelle laufen und nachsehen, doch das war gar nicht so einfach. Schon hatten sich die ersten Neugierigen versammelt und gaben ihre Kommentare ab:

„Dit war ma knapp, wa?", sagte einer.

„Meenste, der Roller is' fratze?", fragte ein anderer.

Die Leute drängten sich dicht um die Bruchpiloten. Paul konnte noch immer nichts sehen.

„Sauberer Flug, weiche Landung. Jlück jehabt." Das kam von Kakao-Kalle. Er war ein alter Stammkunde in Valeries Späti. Den Spitznamen hatte Paul sich ausgedacht, weil Kalle für sein Leben gerne kalten Kakao trank.

„Lass mich durch, das sind meine Freunde!“, rief Paul ihm zu.

„Piiijub!“, bestätigte Roki.

Und endlich machten die Leute Platz.

Adam und Gina hockten auf dem Boden und zählten die Kratzer, die sie bei ihrem Sturz abbekommen hatten. Rundherum lagen zerdrückte Pizzakartons und Getränke verteilt. Ein paar Pizzas waren aus ihren Schachteln gerutscht und bis auf die andere Straßenseite geflogen. Sogar am Schaufenster des Buchladens klebte ein Flatschen geschmolzener Käse!

„Limo futsch, Pizza Matsch, Roller Schrott. Aber wenigstens nichts gebrochen“, ächzte Gina.

Adam tastete nach seiner Brille und fand sie neben einem losen Pflasterstein – kaputt. Nun musste auch noch ein Bügel geklebt werden. Dann zupfte der Wissenschaftler an seinem zerrissenen Schlafanzug. „Dämlicher Kater“, schimpfte er matt, „den schmeiße ich hochkant raus.“

In diesem Moment hielt ein großes blaues Transportauto neben der Unfallstelle. Zwei Männer stiegen aus und schauten neugierig zu Roki hinüber. Der eine war klein und dünn und hatte nur sehr wenige Haare auf dem Kopf. Dafür trug er einen komisch spitzen Bart am Kinn und hatte eine lange, krumme Hakennase. Der andere war sehr groß. Er hatte eine schwarze Sonnenbrille auf, obwohl es schon fast ganz dunkel war. Beim Gehen rollte er drohend mit den Schultern wie ein Boxer. Beide steckten in dicken Lederjacken, die gar nicht zu ihren blauen Klempneranzügen passten.

Die sehen ganz schön finster aus!, fand Paul. *Wollen die etwa was von Roki?*

Jetzt zog der Bärtige auch noch ein Handy hervor und fing an, den Roboter zu fotografieren. Hinter dem Transporter hatte

sich inzwischen schon eine kleine Autoschlange gebildet. Ein paar Leute hupten ärgerlich und schimpften. Hastig sprangen die Finsterlinge zurück zu ihrem Wagen. Doch sie hatten nicht mit dem Pizzamatsch auf der Straße gerechnet. Nacheinander rutschten sie aus und fielen lang auf die Nase. Mit Käsefäden unter den Füßen krabbelten sie schließlich in den Transporter und rasten davon wie der Blitz.

Paul konnte gerade noch die Aufschrift auf dem Auto entziffern: IHR FREUNDLICHER ROHRREINIGER – KLEMPNER KLAPILNE Das war ja der reinste Zungenbrecher! Diesen komischen Namen würde Paul sich bestimmt merken.

Gina grinste. „Schätze, die neugierigen Klempner sind in Pizza Hawaii getreten", vermutete sie fachmännisch. „Viel Käse und glitschige Ananas, das flutscht!"

„Bot. Hehehe-hicks!", lachte Roki.

Nur Adam hatte von der seltsamen Szene nichts mitbekommen. „Wir brauchen jetzt Pflaster – und was zur Stärkung", bestimmte er.

Gina schaute in ihre Transportkiste. „Zweimal Salami und eine Thunfisch sehen noch essbar aus."

„Verbandszeug haben wir im Späti," sagte Paul und nahm Roki wieder an die Hand. „Kommt, wir gehen zu Valerie!"

Pflaster und Zitronenkuchen

Als Paul mit Roki und den Unfallpiloten im Kiosk ankam, schlug Valerie erschrocken die Hand vor den Mund: „Ihr seht ja aus, als wärt ihr vom Fernsehturm gefallen!“ Dann schaute sie Paul prüfend an. „Zum Glück ist dir nichts passiert. Aber du hättest ruhig Bescheid sagen können. Ziehst einfach alleine los, um Roboter zu fangen!“

„Ist doch jetzt egal, Mama“, drängte Paul. „Schnell, wir brauchen Pflaster. Kannst du die Pizzas noch mal warm machen?“

Gina reichte ihr die Schachteln. „Und gibt's noch was vom Zitronenkuchen?“, fragte sie erwartungsvoll.

„Pflaster, Pizza, Zitronenkuchen, alles klar. Sonst noch was?“, seufzte Valerie und zog als Erstes den Verbandskasten hervor.

Schön sahen die Pizzas wirklich nicht mehr aus, aber nach der ganzen Aufregung schmeckten sie trotzdem köstlich. Valerie hatte eine Menge Pflaster und ein paar Kissen verteilt. Und nun hockten Adam, Gina und Paul jeder auf einer Getränkekiste und leckten sich die fettigen Finger. Valerie lehnte an der Kasse und sah ihnen beim Essen zu. Ab und zu warf sie einen fragenden Blick auf Roki, der neben ihr auf dem Tresen saß.

„Wollt ihr dem Roboter nicht auch ein Stück abgeben?", witzelte sie.

„Huhu – hicks – Hunger", bestätigte Roki und zeigte auf sein Display. Dort stand in Großbuchstaben:

AKKU LADEN!

„Was isst der Knirps denn am liebsten?", fragte Valerie.

„Wechselstrom, 230 Volt, und das in rauen Mengen!", schmatzte Adam mit vollem Mund.

Paul war inzwischen hinter die Kasse gelaufen und hatte ein Verlängerungskabel geholt. Stolz stöpselte er es in die kleine Steckdose unter Rokis Arm.

„Dadada – hicks – danke!", sagte der kleine Roboter. Kurz darauf kam ein sanftes Brummen aus seinem Bauch. Das blaue und grüne Blinken in seinen Augen wurde langsam schwächer und erlosch schließlich ganz.

„Der Kleine macht ein Verdauungsschläfchen", kicherte Gina.

„Stimmt", nickte Adam. „Er muss die neuen Eindrücke jetzt erst mal in Ruhe abspeichern. Der Ausflug, die fliegenden Pizzas – das war alles ein bisschen viel für ihn", erklärte der Wissenschaftler. „Für mich übrigens auch."

„Du meinst, Roki träumt einen Robotertraum?", staunte Paul.

Adam lächelte. „Könnte man so sagen." Dann runzelte er die Stirn. „Vielleicht habe ich seinen Wissensdurst ein bisschen zu stark programmiert. Ich denke, er ist ausgerissen, weil ihm langweilig war. In der Werkstatt kann er einfach zu wenig Neues lernen."

„Du, Adam?" Das Wort „ausgerissen" hatte Paul auf eine Idee gebracht. „Wie konnte Roki eigentlich unbemerkt aus der Werkstatt verschwinden? Du warst doch die ganze Zeit dabei?"

„Tja, weißt du, das war … ähem." Der Wissenschaftler räusperte sich verlegen. „Gestern habe ich die ganze Nacht am Computer gearbeitet. Und heute Nachmittag, als ich auf die Pizza gewartet habe – da muss ich wohl kurz eingenickt sein."

Valerie musterte Adams zerrissenen Schlafanzug.

„Also, das erklärt einiges", grinste sie.

„*Piiijub*", machte Roki verschlafen. „Ah – *hicks* – aha!"

Überraschung für Kakao-Kalle

Adam kontrollierte die Akkuanzeige auf Rokis Bauch. „Bald ist er komplett geladen", stellte er zufrieden fest. „Dann müsste auch der elektronische Schluckauf endlich vorbei sein."

Die Glocke über der Ladentür klingelte, und Kakao-Kalle, Valeries alter Stammkunde, kam herein. Ohne Roki gleich zu bemerken, schlurfte er zum Getränkekühlschrank hinüber. In seinem Schlepptau quetschte Pendler sich in den Kiosk. Der verfressene Kater hatte schon eine ganze Weile vor der Tür auf seine Chance gewartet. Jetzt nutzte er die Gelegenheit und sprang mit einem Satz auf den Tresen. Er wusste genau, dass dort immer der Zitronenkuchen stand. Nur saß jetzt auch Roki da! Sofort fuhr Pendler die Krallen aus.

Paul wollte schon zur Kasse stürzen, um Roki zu beschützen, doch Adam hielt ihn zurück.

„Das kann er schon alleine", flüsterte er.

Und wirklich – während Pendler fauchend um Roki herumstrich, öffnete der kleine Roboter sein grünes Auge und verfolgte den Kater unauffällig.

Paul bemerkte, dass er seinen Kopf einmal fast ganz herumdrehen konnte – wie praktisch! Pendler machte sich inzwischen zum Angriff bereit: Er hockte sich hinter die Kasse, vor die Schublade mit dem Geld, um Roki von hinten zu erwischen. Dann hob er wieder einmal die Pfote, holte aus – und rutschte krachend in einen Karton voller Chipstüten, der am Boden

hinter dem Tresen stand! Genau im richtigen Augenblick hatte Roki die Kassenschublade aufspringen lassen und den Kater hinuntergeschubst.

„Hehehehe! *Piiijub*. Aha! Hehehe!“, lachte der kleine Roboter.

Als Kakao-Kalle kurz darauf zur Kasse schlurfte, streckte Roki ihm freundlich die Hand entgegen. Mit der anderen zeigte er auf sein Display:

2 x kalter Kakao, 1 x Erdnussflips = 4,24 Euro

„Wat denn, der Außerirdische will mir meen Jeld abnehmen?“

„Bot“, sagte Roki.

Kakao-Kalle schaute zu Valerie hinüber, doch die verzog keine Miene.

„Nix für unjut, aber dit wird mir langsam zu modern hier.“

Der Alte zählte jede Münze einzeln in Rokis Roboterhand und wandte sich brummelnd ab. Der Kater stakste beleidigt hinter ihm her..

„Und die Mieze hat er ooch noch umjehau’n.“ Kameradschaftlich hielt Kalle dem Kater die Tür auf, dann waren die beiden verschwunden.

Valerie und Paul prusteten.

„Ein Außerirdischer?“

„Der denkt wohl, Roki kommt vom Mars!“

Doch Adam schaute betreten. „Hoffentlich erzählt er das nicht überall herum! So bleibt Roki nicht mehr lange geheim!"

„Ach, das kann er ruhig weitererzählen", beruhigte ihn Gina. „Ein außerirdischer Katzenschubser? Das glaubt ihm sowieso kein Mensch!"

Das Dreamteam

„PAUL!!!“

Valerie stand in der Tür zu Pauls Zimmer und riss die Augen auf.

„Was ist denn hier passiert?“

„Roki hat aufgeräumt. Wieso?“, fragte Paul unschuldig. „Das hast du gestern selber vorgeschlagen!“

„Ja, aber – “ Valerie betrachtete die neue Ordnung nach Farben und seufzte. „Aber ich will kein Gejammer hören, wenn du deine Sachen nicht wiederfindest.“

„Quatsch“, Paul schüttelte den Kopf, „ist doch alles vollkommen logisch.“

„Logisch, ja klar.“ Valerie rollte mit den Augen. „Ihr zwei seid mir vielleicht ein Dreamteam!“, grinste sie beim Hinausgehen.

Ein Dreamteam? Das gefiel Paul. Und es stimmte ja auch: Roki und er passten perfekt zusammen. Waren sie etwa nicht zwei clevere Neugiernasen?

Paul vergaß immer wieder, dass Roki eigentlich gar kein Mensch war – eher ein sprechender Computer auf zwei Beinen.

Das machte ihn dann doch ein bisschen nachdenklich: Konnte man denn mit einem Computer befreundet sein? Paul hätte Roki nämlich schrecklich gern zum Freund gehabt. Er war so aufregend und lustig. Wenn der kleine Roboter lachte, musste einfach jeder sofort mitlachen – sogar Valerie! Und wenn einen jemand zum Lachen bringen konnte, entschied Paul schließlich, dann konnte er auch ein Freund sein.

„Mein Freund Roki", sagte er zu sich selbst. „Klingt gut!"

Roki lernt Tricks

Am nächsten Tag in der Schule wurde Pauls Geduld auf eine harte Probe gestellt. Es fiel ihm so schwer, seinen Freunden nichts von Roki zu erzählen, dass er fast platzte. Mittags wäre er am liebsten sofort nach Hause gerannt. Doch nach dem Unterricht machte seine Klasse einen Ausflug in die Kinderbibliothek. Und danach stand auch noch Fußballtraining auf dem Programm.

Endlich, am frühen Abend, stürmte Paul voller Vorfreude in Adams Werkstatt. Leider ging es dem Wissenschaftler anscheinend gar nicht gut. Adam hustete, er hatte eine dicke rote Schnupfennase und sah überhaupt richtig elend aus.

Kein Wunder, wenn man im Schlafanzug Roller fährt!, dachte Paul.

„Wie geht es Roki?", sprudelte er los. „Was hat er heute gelernt? Wo ist er?"

Doch Adam schaute ihn bloß verzweifelt an.

„Verschwunden!", stöhnte er, „wie vom Erdboden verschluckt!"

„Roki ist verschwunden?" Paul konnte es nicht fassen. „Bist du etwa wieder eingeschlafen?"

Doch Adam schüttelte den Kopf. „Ich habe ihn keine Sekunde aus den Augen gelassen. Und trotzdem war er plötzlich weg."

Mit hängenden Schultern schaute der Wissenschaftler sich um.

„Es ist einfach unerklärlich!"

„Aber hast du auch wirklich überall gesucht?", drängte Paul.

„Absolut überall", seufzte Adam. „Sogar unter das Bett bin ich gekrochen."

Tatsächlich hatte der Wissenschaftler eine ganze Menge graue Fussel in seinen wuscheligen Haaren. Es sah ulkig aus – als hätte er einen ganzen Staubsaugerbeutel über seinem Kopf ausgeleert. Aber Paul war jetzt nicht zum Lachen zumute. Er machte sich Sorgen um Roki. Was, wenn sie ihn diesmal nicht rechtzeitig wiederfanden? Wenn ihn irgendjemand einfach mitnahm, wie das kleine Mädchen gestern?

„Überleg doch mal genau, was passiert ist, bevor du Roki vermisst hast", schlug er Adam vor. Das sagte Valerie immer, wenn Paul etwas verloren hatte.

„Glaubst du, das hilft?" Adam schaute zweifelnd. „Na gut: Heute Mittag habe ich ihn hier auf den Tisch gesetzt, um den Akku aufzuladen. Er hat die ganze Zeit selig geschlummert. Dann ist er aufgewacht und war topfit."

„Und danach wollte er raus, logisch!", platzte Paul heraus.

„Wieso das?" Der Wissenschaftler schaute ihn fragend an.

Von Kindern versteht Adam anscheinend nicht besonders viel, dachte Paul. „Na ja, Roki war satt und ausgeschlafen", erklärte er. „Und er war seit gestern nicht mehr draußen. Also, *ich* würde mich langweilen."

„Mhm, einleuchtend." Adam schniefte. „Trotzdem, wie ist er hier unbemerkt rausgekommen?"

„Was ist denn danach passiert", bohrte Paul weiter, „als Roki fertig aufgeladen war?"

„Ich hatte Hunger und habe Pizza bestellt. Und dann ist Gina gekommen." Adam zeigte auf eine Schachtel, die noch unberührt auf dem Tisch stand. „Sie wollte schnell wieder los, weil Lorenzo schon wieder neue Lieferungen für sie hatte."

Paul nickte. Lorenzo war der Chef vom Ristorante Subito und außerdem Ginas Vater. „Und dann?", fragte er.

„Ich habe das Wechselgeld hier in die Kleingeldbüchse getan." Der Wissenschaftler wies auf das Regal mit den vielen Bildschirmen. „Und als ich mich wieder umdrehte, war Gina praktisch schon zur Tür hinaus." Adam runzelte die Stirn. „Ich weiß noch, dass sie gejammert hat, warum eine leere Lieferbox so schwer sein muss."

„Weil die Box nicht leer war, natürlich!" Paul war sich absolut sicher.

„Wie bitte, was?" Adam kam nicht ganz mit.

„Die Box war so schwer, weil Roki da drin war", sagte Paul

ungeduldig. „Er muss in Ginas Pizzakiste geklettert sein, als ihr zwei nicht hingeschaut habt."

Adam klatschte sich an die Stirn.

„Aber ja!", rief er verblüfft. „Wieso bin ich nicht selbst darauf gekommen? Und vor allem: Wie hast *du* das erraten?"

„Ganz einfach: So hätte ich es gemacht", sagte Paul.

Mit offenem Mund starrte der Wissenschaftler ihn an.

„Also, Paul, wenn ich das nächste Mal wissen will, was in Rokis Kopf vorgeht – dann frage ich am besten dich."

Doch Paul war schon auf dem Weg zur Tür. „Schnell, zu Lorenzo!"

„Sofort!" Adam schnappte sich seine Pizza und stürmte hinterher. Keiner der beiden bemerkte, dass Pendler sich an ihre Fersen heftete. Mit hochgereckter Nase folgte der Kater dem unwiderstehlichen Duft von Thunfisch und Käse.

Fliegende Fladen

Jedes Kind im Viertel liebte das *Ristorante Subito* und seinen Wirt Lorenzo. Ginas Vater war ein dicker, gemütlicher Mann – und er lachte für sein Leben gern. Doch als Paul und Adam an diesem Abend in die Pizzeria stürmten, benahm er sich äußerst merkwürdig: Er tänzelte um die beiden herum, beugte die Knie, schwenkte die Arme vor seinem Bauch und blieb überhaupt keine Sekunde lang ruhig stehen.

„*Buona sera, Adam! Ciao, Paolo*“, rief er ihnen zu. „Was kann ich für euch tun?“

„Äh, also ...“ Adam beobachtete irritiert, wie der freundliche Pizzabäcker durch das kleine Lokal tanzte.

Paul dauerte das zu lange. „Hast du einen kleinen Roboter gefunden?“, fragte er atemlos. „In Ginas Lieferbox?“

„*Si, si!* O ja! Da war ein kleiner Robotini in der Kiste“, antwortete Lorenzo vergnügt und machte zwei federnde Schritte nach vorn. „*Mamma mia*, ich wäre fast in Ohnmacht gefallen, als der Kleine herausgestiegen ist.“ Lorenzo gluckste fröhlich und drehte sich einmal um sich selbst. „Aber dann hat er angefangen zu tanzen. So wie ich jetzt. Macht Spaß, seht ihr?“ Und schon legte er wieder los.

„Roki hat getanzt?“, wunderte sich Paul.

„Jaja, das ist seine Lockerungsgymnastik“, erklärte Adam ungeduldig. „Die braucht er, wenn er eine Zeit lang im Transportmodus war – so kommen seine Gelenke wieder in Schwung. Stimmt,

es sieht aus, als würde er tanzen." Besorgt griff er nach Lorenzos Schulter. „Jetzt sag schon endlich, Lorenzo. Wo ist Roki?"

„Roki heißt er? *Ah, bene*, wie schön. Kleiner Robotini hat einen lustigen Namen", freute sich Lorenzo. „Aber Roki kann noch viel mehr als tanzen, seht euch das an, er ist in der Küche!"

„In der Küche?", rief Adam entsetzt. „Da kann ihm alles Mögliche passieren!"

„*No, no*, keine Angst, Adam. In Lorenzos Küche passiert niemandem etwas."

Der Pizzabäcker lachte vergnügt. Dann hüpfte er armeschwenkend voran, Adam und Paul folgten ihm. Unbemerkt schlich auch Pendler hinter der seltsamen Truppe her. Eine Pizzaküche voller Thunfisch, Sardellen und Mozzarella – das war für den Kater wie Ostern und Weihnachten zusammen. Doch der Anblick, der ihn jetzt erwartete, verdarb Pendler fast den Appetit!

Roki lag mit dem Rücken auf dem Küchentisch. Arme und Beine streckte er kerzengerade in die Luft. Lorenzo knetete schnell vier perfekte runde Teigkugeln und legte sie dem wartenden Roboter auf Hände und Füße.

„Und was passiert jetzt?“ Paul konnte sich nicht recht vorstellen, worauf das hinauslaufen sollte.

„Abwarten, Paolo“, rief Lorenzo. „Jetzt zeig’s ihnen, kleiner Robotini!“

Sofort fing Roki an, kreisende Bewegungen zu machen. Die Teigstücke auf seinen Händen und Füßen begannen sich gleichmäßig zu drehen. Paul sah staunend zu, wie sie dabei langsam in die Breite gingen. Dann erhöhte der Roboter das Tempo. Seine Arme und Beine kreisten schneller und immer schneller, bis die wirbelnden Fladen schließlich genau so groß und dünn waren, wie sie sein mussten.

„Was sagt ihr jetzt?“ Lorenzo klatschte stolz in die Hände. „*Fantastico!* Von so einer Küchenhilfe habe ich immer geträumt. Kann der kleine Robotini nicht bei mir bleiben, Adam?“

„Nein“, platzte Paul heraus, „äh, ich meine, er wohnt doch bei uns!“

Auch Adam schüttelte den Kopf. „Ausgeschlossen, schau ihn dir an, Lorenzo. Er ist doch jetzt schon voller Mehl und Olivenöl. Dabei ist Roki eine hochempfindliche Maschine. In einer Küche hat er nichts verloren! Er ist ein technisches Wunderwerk!“

„Ein Wunder, *si!*“, rief Lorenzo. Er hatte schon vier neue Teigkugeln geformt und platzierte sie liebevoll auf Rokis Händen und Füßen. „Vor zehn Minuten hat er erst angefangen. Und jetzt kann er es schon perfekt. *Perfetto!*“

Genau in diesem Augenblick löste sich einer der wirbelnden Fladen von Rokis Fuß und sauste direkt auf Lorenzo zu. Im letzten Moment zog der Wirt den Kopf ein und der rohe Teig landete stattdessen auf einem alten Radio hinter ihm. Sofort wurde die italienische Schlagermusik deutlich leiser.

„Na ja. Fast *perfetto*", kicherte Paul.

Doch da sauste schon der nächste Fladen von Rokis Fuß.

„*Mio dio!* Du meine Güte", stöhnte Lorenzo auf.

Diesmal hatte es ein Foto von Lorenzos Großeltern erwischt, das an der Küchenwand hing. Und noch immer kreisten zwei wirbelnde Teigteller über Roki.

Paul kam es vor, als würde der kleine Roboter jetzt erst richtig in Fahrt kommen. Und tatsächlich! Wie ein Ufo flog der dritte Fladen durch die Tür der Backstube und hätte beinahe Gina getroffen, die eben von draußen hereinkam.

„Hilfe, was ist denn hier los?", japste sie.

Doch niemand antwortete. Alle starrten wie gebannt auf Pizzafladen Nummer vier. Wen würde es als Letzten erwischen? Paul hatte sich ein Backblech geschnappt und umklammerte es wie einen Ritterschild. Adam und Lorenzo gingen hinter dem Ofen in Deckung. Gina floh zurück ins Restaurant. Nur Pendler traf keine Vorsichtsmaßnahmen. Der Kater sah nur die Thunfischpizza, die Adam aus der Werkstatt mitgebracht hatte. Sie roch einfach unwiderstehlich! Gerade hatte er seine Pfote unter den Deckel des Kartons geschoben, da ließ Roki den letzten Fladen los.

FLATSCH!

Das Teig-Ufo traf Pendler direkt von vorn und wickelte ihn komplett ein. Vom Schnurrbart bis fast zu den Hinterpfoten steckte der verdutzte Kater in einer labberigen, mehligen Pelle. Fauchend und kratzend versuchte er, klare Sicht zu bekommen.

Roki hatte sich inzwischen aufgesetzt und schaute interessiert zu.

„Aha!“, kommentierte er seinen Treffer. „*Piiijuub* – Pizza Mieze!“

Dann lachte er, bis er regelrecht bebte.

Eine faszinierende Idee

„Jetzt müssen wir Roki aber gründlich sauber machen!"

Adam hatte den kleinen Roboter wieder auf den Tisch gelegt. Mit einem großen Backpinsel entfernte er den losen Mehlstaub von Rokis Körper.

„Hatschi!", nieste der Wissenschaftler.

„Hehehe, pijub", machte Roki. Zum Glück war der Roboter nicht kitzelig, sonst hätte er gar nicht mehr aufgehört zu lachen.

Adam betrachtete die zähe Schicht, die unter dem Mehl zum Vorschein kam, und schüttelte besorgt den Kopf: „Oje, dieses Olivenöl hat ihn völlig verkleistert!"

„*Scusi!* Entschuldigung", sagte Lorenzo fröhlich. „Pizzateig ohne Olivenöl ist wie Waffel ohne Eis – schmeckt einfach nicht. Aber pass auf, ich mache es wieder gut: Was ist eure Lieblingspizza?"

„Margherita!", erwiderte Paul prompt.

„Eigentlich alle. Okay, dann eben Diavolo", brummte Adam.

„Margherita und Diavolo, *basta*. Kommt *subito* – sofort!", rief Lorenzo und machte sich an die Arbeit.

Adam schaute Paul an. „Willst du mir inzwischen helfen?“, fragte er. „Versuch doch mal, das Öl aus seinem Gesicht zu wischen.“

„O ja!“ Paul nahm ein sauberes Geschirrtuch und ging um den Tisch herum zu Rokis Kopf. Vorsichtig begann er, das glatte weiße Gesicht abzuputzen. Roki verdrehte die Augen, um zu sehen, was er machte. Ab und zu trafen sich ihre Blicke. Es war ein sehr, sehr seltsames Gefühl!

Adam hatte inzwischen Rokis Beine angehoben, um die empfindlichen Gelenke an den Knien zu reinigen.

„Sieht ja aus, als würdest du ein Baby wickeln“, staunte Paul.

„Stimmt“, lächelte Adam, „aber Roki ist jetzt schon kein Baby mehr. Wenn er sich in diesem Tempo weiterentwickelt, kann er bald mit dir zur Schule gehen.“

„Oh“, machte Paul überrascht. Und im Stillen dachte er: *Das wäre TOLL!*

Später beim Essen dachte Paul immer noch daran.

„Kann Roki wirklich irgendwann mal mit mir zur Schule gehen?“, fragte er mit vollen Backen.

„Klar“, mampfte Adam zurück, „obwohl Roki keine Schule braucht, um etwas zu lernen. Guck mal!“

Vor dem Essen hatte der Wissenschaftler seinen kleinen Roboter an Lorenzos Schreibtisch gesetzt. Jetzt sah Paul, dass

Roki inzwischen den altmodischen Rechner eingeschaltet hatte. Gerade war er dabei, seinen linken Zeigefinger in eine kleine Öffnung an der Seite des Gehäuses zu drücken. Rokis Fingerspitze sah aus wie ein schmaler Stecker. Das war Paul vorher gar nicht aufgefallen.

„Was macht Roki denn da?", fragte er neugierig. „Er verbindet sich mit dem Computer", erklärte Adam. „Gib ihm dreißig Sekunden, und er weiß alles, was Lorenzo da drin gespeichert hat."

„Das geht?" Paul war baff.

„Außer Lorenzo benutzt ein sehr, sehr schwieriges Passwort", grinste Adam, „dann dauert es vierzig Sekunden."

Sie hatten gerade fertig gegessen, da klingelte das Telefon, und der dicke Pizzabäcker eilte zum Schreibtisch, wo der Apparat stand.

„*Pronto?* Ja, bitte?", rief Lorenzo. „Äh, was wollen Sie? Pizza Mieze für Ihren Schnurrko? Wer ist Schnurrko? Ihre Katze? *No, no*, ich verkaufe keine Pizza an Katzen. *Grazie,* danke. *Ciao!*" Kopfschüttelnd legte er auf und tätschelte liebevoll Rokis Schulter. Da klingelte es erneut.

„*Pronto!* ... Pizza Mieze? Haben wir nicht!"

Lorenzos buschige Augenbrauen kletterten nach oben.

„*Si?* ... *No!!!* ... WAS? Pizza Mieze steht auf unserer Speisekarte? Im Internet?"

Neugierig drängelten sich alle um den Computer – und tatsächlich, da stand es:

„Nummer 31, Pizza Mieze", las Paul vor. „Für Katzen. Viel Thunfisch, extra Käse, nicht scharf!"

„Pizza für die Katz? Unsinn." Lorenzo warf seine kräftigen Arme in die Luft.

„Die hat Roki erfunden!" Paul kicherte begeistert. „Und gleich auf die Karte geschrieben."

„Pizza Mieze", lachte Adam. „Das soll wohl ein Friedensangebot für Pendler sein."

„Pendler – aha“, sagte Roki und ließ seine Augen aufleuchten. „Bot.“

„Schon wieder dieses komische Wort.“ Adam runzelte die Stirn. „Das hast du wohl auch erfunden! Was soll das eigentlich heißen: Bot?“

„Bot heißt bot“, antwortete Roki. „Hehehehehe.“

„Noch mehr Unsinn.“ Lorenzo schnaubte. „Der Robotini ist plemplem.“

„Gar nicht!“ Paul war etwas eingefallen: „Pendler ist doch ganz verrückt nach Pizza“, sagte er langsam. „Und wenn alle Katzen so sind wie Pendler – dann wird *Pizza Mieze* vielleicht sogar ein Hit.“ Er schaute Lorenzo an. „Also, ich finde Rokis Idee super!“

Lorenzo brummte zweifelnd. Dann musste er schon wieder ans Telefon:

„*Dio mio*, was ist denn hier los? Pizza Mieze wollen Sie haben? Na, so was. Also schön, dauert eine halbe Stunde.“

„Siehst du, Papa? Paul hat recht.“ Gina war ganz begeistert. „Überleg doch mal, wie viele Leute im Viertel eine Katze haben!“

„*Piiijuub* - Aha!“ Roki deutete auf sein Display. Da stand:

540 Katzen – grob geschätzt

Rokipedia

Paul und Adam gingen zusammen zurück zum Späti.

„Roki nehmen wir am besten in die Mitte", entschied der Wissenschaftler. „Für heute hatten wir alle genug Aufregung."

Damit der Roboter draußen nicht auffiel, hatten sie ihm Adams Werkstattkittel übergehängt. Die viel zu langen Ärmel schleiften hinter Roki über den Gehweg.

„Jetzt sieht er aus wie ein kleines Gespenst", fand Paul.

„Hauptsache, niemand sieht, was er wirklich ist", schniefte Adam. „Ha-ha-haaa-tschi!" Ohne seinen Kittel bibberte er in der kühlen Abendluft. Paul schaute zu ihm auf. „Sag mal, Adam", fragte er, „kannst du Roki nicht beibringen, dass er Bescheid sagen muss, wenn er Roboter-Fernweh bekommt?"

„Sagst du denn immer Bescheid, wenn dich die Neugier packt?"

Paul wurde ein bisschen rot und Adam lachte.

„Zwecklos", sagte er dann. „Schau ihn dir doch an!"

Tatsächlich, Roki drehte sich pausenlos in alle Richtungen, um ja nichts zu verpassen. Immer wieder sagte er „Aha!", machte

„*piiijub*“ und ließ seine Augen unter dem Kittel blau und grün aufleuchten.

„Da kann man nichts machen“, erklärte Adam. „Sein Rokipedia-Speicher braucht einfach ständig neue Informationen.“

„Rokipedi … was?“ Dieses Wort war neu für Paul.

„Darin sammelt er sein Wissen. Alles, was Roki lernt, wird im Rokipedia abgespeichert. Und wenn er eine Frage hat, schaut er einfach dort nach." Adam tippte an seine Stirn. „Das ist wie ein Lexikon und es geht blitzschnell."

„So ein Rokipedia hätte ich auch gerne", sagte Paul neidisch.

„Hast du doch!" Diesmal zeigte Adam auf Pauls Stirn. „Dein Gehirn funktioniert ganz ähnlich. Das Gedächtnis ist wie ein Schrank mit vielen Schubladen. Alles, was du siehst, hörst, riechst oder fühlst, legst du dort an einem bestimmten Platz ab. Nichts kann verloren gehen. Du brauchst es nur wieder hervorzuholen, wenn du es brauchst."

„Wie beim Aufräumen?", staunte Paul. Er dachte an die große Rummelkiste unter seinem Bett. Hoffentlich sah es in seinem Kopf ordentlicher aus.

„Genau wie beim Aufräumen", bestätigte Adam. „Und Roki hat eben ein elektronisches Gedächtnis. Aber so viel anders als bei uns Menschen funktioniert es gar nicht."

„Nur viel besser", meinte Paul bewundernd. Dass Roki sich den gesamten Inhalt von Lorenzos Computer merken konnte, fand er immer noch schwer zu glauben.

„Du, Adam, als Roki die Speisekarte verändert hat – hat er das etwa auch mit seinem Computerfinger gemacht?", fragte er.

„Sicher", nickte der Wissenschaftler. „Die Tastatur braucht er dafür nicht."

„Du meinst, Roki kann mit Computern … *reden*? Nur mit seinem Finger?“ Paul staunte. „Kein Wunder, dass dieser Professor Nakli – äh – Neklapil hinter ihm her ist!“

„Stimmt“, sagte Adam ernst. „Genau deswegen müssen wir immer sehr gut auf Roki aufpassen. Er hat zwar sein Notfallprogramm. Aber wenn ihn jemand stehlen will, nützt das nicht viel.“

„Kannst du ihm kein Internet einbauen?“, fiel Paul ein. „Und ein E-Mail-Programm? Dann kann er sich melden, wenn er mal verloren geht.“

Der Wissenschaftler schaute ihn überrascht an. „Es gibt eine Menge Sachen, die ich Roki noch einbauen will“, meinte er. „Und ein E-Mail-Programm steht tatsächlich auf meiner Liste. Alle Achtung, Paul, du denkst wie ein echter Roboter-Konstrukteur!“

„Meinst du wirklich?“ Paul strahlte vor Stolz von einem Ohr zum anderen.

„Aha“, machte Roki und zwinkerte Paul zu. Das hatte er noch nie getan. „Bot.“

„Er mag dich, Paul“, grinste Adam.

Doch Roki hatte schon wieder etwas anderes im Sinn. Inzwischen hatten sie sich Valeries Laden genähert. Mit weit geöffneten Augen betrachtete der kleine Roboter einen großen blauen Transporter, der direkt vor dem Haus stand.

Paul folgte seinem Blick. „Adam, schau mal.“

„Ah, prima“, freute sich der Wissenschaftler. „Da wird wohl neue Limonade geliefert. Meinst du, deine Mutter hat an Ingwer-Rhabarber gedacht? Die mag ich am liebsten.“

„Ich auch, aber das ist nicht der Getränkelieferant“, unterbrach ihn Paul. „Lies doch mal die Aufschrift!“

„KLEMPNER K-L-A-P-I-L-N-E“, buchstabierte Adam langsam. „Das ist ja richtig schwierig auszusprechen.“

„Aha! Klemp – ner – Klaps – kil – ne“, probierte Roki den Zungenbrecher. Er ließ wirklich keine Gelegenheit aus, etwas dazuzulernen.

„Mensch, das sind doch die Pizzarutscher!“, erinnerte Paul sich aufgeregt. „Weißt du nicht mehr, gestern bei dem Unfall? Da haben die so komisch zu Roki rübergeschaut. Sie haben ihn sogar fotografiert! Und jetzt parken sie vor unserem Haus. Ist doch merkwürdig.“

„Du meinst, die sind nicht zufällig da?“ Adam schaute ihn zweifelnd an.

„Nein, die wollen was von Roki!“ Paul war sich sicher. Und als hätten die Männer im Auto ihn gehört, brauste der Lieferwagen im selben Moment mit quietschenden Reifen davon.

Roki rechnet

Im Späti war gerade richtig was los. Gleich drei Kinder drängelten sich vor den Süßigkeiten am Tresen. Keines konnte sich entscheiden, wofür es sein Taschengeld ausgeben sollte.

„Wie teuer ist dies – und das hier? Ich will zwei Schnecken. Nee, doch nicht."

„Und ich nehme vier von den Grünen und einen Lolli und – Moment, ich muss erst mein Geld zählen …"

Das konnte ewig dauern. Paul wurde ungeduldig.

„Mama! Die Männer in dem Auto vor der Tür, hast du die zufällig gesehen?"

„Diese komischen Klempner, meinst du? Die standen eine Weile vor dem Laden und haben ganz neugierig reingeschaut. Vielleicht ist irgendwo im Haus ein Klo verstopft." Sie zuckte mit den Schultern und wandte sich wieder den Kindern zu.

Drängelnd hielten die drei ihre prall gefüllten Tütchen hoch. „Was kostet das?", fragten sie im Chor.

„Ach, jetzt habe ich gar nicht aufgepasst", stöhnte Valerie. „Was habt ihr denn da alles?"

„*Piiijub.* Aha!“, sagte Roki. Seine Augen flimmerten kurz, dann rechnete er vor: „Erstens 1 Euro und 68 Cents. Zweitens 1 Euro und 40 Cents. Drittens 90 Cents – hicks – ich habe auch Hunger!“

Wie gut, dass wir ihn verkleidet haben!, dachte Paul.

Die Kinder starrten Roki trotzdem verdattert an. Ein Knirps in Gespensterverkleidung, der Kopfrechnen konnte wie ein

Großer? So etwas hatten sie noch nie gesehen. Eingeschüchtert verließen sie den Kiosk und Valerie schloss hinter ihnen ab.

„Puuh, also ich brauch 'ne Pause", lachte sie. „Jetzt erzählt doch mal, was mit diesen Klempnern eigentlich los ist." Neugierig sah sie Paul an.

„Das sind keine echten Klempner", platzte Paul heraus. „Die sind hinter Roki her!"

Valerie schaute erschrocken zu Adam. „Meinst du, die wollen ihn ausspionieren oder so was?"

„Möglich wär's." Adam wiegte den Kopf. „Jedenfalls gut, dass Paul aufgepasst hat. Jetzt sind wir gewarnt."

„*Piiijub*. Hunger!" Roki schob sich nach vorne und zeigte auf sein Display:

AKKU LADEN!

„Er will sein Happihappi", kicherte Valerie. „Vielleicht ein Fläschchen Gleichstrom?"

Als Paul an diesem Abend in seinem Bett lag, konnte er lange nicht einschlafen. Er dachte daran, was Adam ihm über das Gedächtnis erzählt hatte. Nach so einem verrückten Tag hatte sein Kopf bestimmt viel zu verarbeiten. Welches Abenteuer dort wohl jetzt gerade weggeräumt wurde? Die aufregende Suche nach Roki? Oder Lorenzos schräge Robotergymnastik? Vielleicht die fliegenden Teig-Ufos in der Backstube? Die Geschichte mit den falschen Klempnern? Paul stellte sich vor, wie die verschiedenen Schubladen in seinem Kopf auf- und zugingen. Erlebnis für Erlebnis landete dort im großen Gedächtnis-Regal. Hoffentlich konnte er die richtige Schublade auch wirklich wiederfinden, wenn er sich später einmal daran erinnern wollte. Das bereitete ihm schon Sorgen, aber Adam hatte ihm ja versichert, dass im Gehirn nichts verloren gehen konnte. Und mit solchen Sachen kannte Adam sich aus. Auch wenn er manchmal ganz schön schusselig war. *Das mit den Schubladen ist jedenfalls spannender, als Schäfchen zu zählen*, dachte Paul noch, dann war er tatsächlich eingeschlafen.

Ein genialer Plan

Am nächsten Morgen hockte Paul neben Roki auf einem Kissen im Schaufenster. Zur Tarnung trug Roki diesmal einen alten Jogginganzug von Paul – der passte viel besser als Adams Kittel. Den auffälligen Roboterkopf hatte Paul unter einer roten Baseballmütze versteckt. So sah Roki fast wie ein normaler Junge aus. Zufrieden biss Paul in sein Frühstücksbrötchen. Samstags war schulfrei. Da konnte er in aller Ruhe den Trubel im Späti genießen. Eine Menge lustiger Leute gingen dort ein und aus und draußen vor dem Fenster war auch immer etwas los. Gerade fuhr Gina mit ihrem Roller vorbei und winkte. Auf ihrer Transportkiste stand jetzt in großen roten Buchstaben:

NEU: PIZZA MIEZE – MORGENS, MITTAGS UND ABENDS!
BENE! LECKER! MIAU!

Daneben war eine grinsende Katze abgebildet. In der Pfote hielt sie ein dampfendes Stück Pizza.

Roki winkte zurück. „*Piiijub.* Gina“, knarzte er heiser.

„Roki klingt, wie ich mich fühle“, schniefte Adam erkältet.

Der Wissenschaftler lehnte am Kassentresen und umklammerte einen Becher mit Hustentee.

„Du meinst, er hat sich bei dir angesteckt?", fragte Paul neugierig. „Gibt es denn so was: eine elektronische Grippe?"

„Nein, bei Roki kommt es eher vom Schnarchen", stöhnte Adam. „Ich habe heute Nacht kein Auge zugetan."

„Das Schnarchen muss er von dir haben, Adam", rief Valerie lachend.

„Genau!" Paul kicherte. „Du hast ihm ja auch das Rülpsen vorgemacht!"

„Vielleicht lernt er ja als Nächstes pupsen", witzelte Valerie.

„*Pjuuuib?*", machte Roki fragend. Dann drückte er seine Salzstreuernase wieder dicht ans Fenster und schaute interessiert nach draußen.

Adam grinste matt. „Irgendwas Neues muss ich ihm jedenfalls bald zeigen, sonst reißt er mir wieder aus."

„Aber er reißt doch nicht mit Absicht aus!", verteidigte Paul seinen Freund. „Er langweilt sich eben bloß." Er überlegte kurz. „Außerdem, wie soll sich sein Rokipedia füllen, wenn er nicht rausdarf?"

„Mein Sohn versteht mehr von deinem Roboter als du, Adam", lächelte Valerie.

„Ja, da ist was dran." Adam nickte. „Aber was soll ich tun? Ihn einfach in der Stadt herumlaufen lassen?"

Paul hatte sofort eine Idee: „Ganz einfach, wir machen einen Ausflug mit Roki!“, rief er. „Da lernt er jede Menge Neues.“

„Einen Ausflug?“ Der Wissenschaftler winkte hustend ab. „Dazu bin ich viel zu krank.“

„Dann gehen Roki und ich eben alleine!“ Paul sah, wie Valerie die Augenbrauen hochzog. „Ihr könnt mir ja ein Handy mitgeben“, fügte er schlau hinzu, „dann müsst ihr euch keine Sorgen machen.“

Die Erwachsenen schauten sich zweifelnd an, doch Paul sprudelte einfach weiter: „Ich weiß auch schon, wo wir hingehen, damit ich Roki richtig viel beibringen kann.“

„Ach! Seit wann bist du ein Roboter-Lehrer?“ Valerie schmunzelte. „Ist es dir in der dritten Klasse etwa zu la-la-laaaaangweilig?“

„Mama!“ Paul mochte es gar nicht, wenn seine Mutter sich über ihn lustig machte. „Ich habe einen richtig guten Plan!“

Valerie grinste. „Dann la-la-la-lass mal hören.“

„Wir gehen in den Zoo.“ Paul hatte es etwas trotziger gesagt als geplant.

„In den Zoo, ihr beide alleine?“ Adam schüttelte den Kopf.

Doch so schnell gab Paul nicht auf. „Da sieht Roki viele interessante Tiere“, erwiderte er schlagfertig. „Ist doch super fürs Rokipedia. Und du kannst dich ins Bett legen und Tee trinken.“

„Hhm.“ Das schien Adam einzuleuchten, aber ganz überzeugt war er noch nicht.

„Kennt Paul denn den Weg zum Zoo?“, fragte er Valerie.

„Klar, da wohnen doch Oma und Opa“, platzte Paul dazwischen.

Das stimmte. Auf dem Weg zu seinen Großeltern war Paul schon oft mit der U-Bahn am Zoo vorbeigefahren. Er musste einfach nur eine Station eher aussteigen als sonst.

„Kinderleicht“, fand Paul.

Doch Valerie hatte noch ein anderes Problem: „Was ist, wenn diese komischen Klempner wieder auftauchen?“

„Im Zoo? Bestimmt nicht“, protestierte Paul. „Außerdem ist Roki doch super verkleidet!“

In diesem Augenblick kamen zwei Frauen in den Kiosk. Sie nahmen Wasser und Limonade aus dem Kühlschrank, bezahlten und gingen wieder hinaus – Roki hatten sie gar nicht bemerkt.

„Seht ihr?“, triumphierte Paul.

Valerie seufzte. „Ich gebe mich geschlagen. Was meinst du, Adam?“

Doch Adam schaute nur stumm auf Roki. Der kleine Roboter hatte den Reißverschluss seiner Joggingjacke heruntergezogen und zeigte wieder einmal auf sein Display. Dort war soeben ein Ausschnitt aus dem Stadtplan erschienen. Eine blinkende Linie markierte den Weg zum Zoo.

„Bot“, sagte Roki. „Hehehehehe!“

Und damit war die Sache beschlossen.

In der U-Bahn

Eine halbe Stunde später lag Adam dick eingepackt im Bett, und Valerie schloss den Kiosk ab, um Paul und Roki zur U-Bahn zu bringen.

„Deine Monatskarte, das Geld für den Zoo, Handy. Hast du alles dabei?", fragte sie nun schon zum dritten Mal. „Und weißt du noch, wo ihr aussteigen müsst?"

„Mama", protestierte Paul, „ich bin doch kein Baby mehr!"

Immerhin hatte er sogar an ein Verlängerungskabel gedacht – falls Roki Hunger bekam.

„*Piiijub*", machte Roki. „300 Meter bis zur U-Bahn. Linie U2 fährt durch bis zum Zoo." Er wollte anscheinend beweisen, dass er auch kein Baby mehr war. „Fahrtzeit 28 Minuten, 15 Zwischenhalte. Nächste Abfahrt in fünf Minuten. Aha." Der kleine Roboter stiefelte so entschlossen los, dass Paul kaum mitkam.

Valerie rannte verblüfft hinterher und fasste nach Rokis anderer Hand. „Den gesamten Fahrplan hast du in deinem Rokidingsda", keuchte sie, „aber das Wörtchen ‚warten' kommt da wohl nicht vor?"

„Warten?“, fragte Roki zurück. „La-la-langweilig. Hehehehehe!“

Kein Zweifel, er hatte schon wieder einiges gelernt.

Im U-Bahnhof kaufte Valerie Fahrscheine für Roki. Sie wartete noch, bis die beiden eingestiegen waren, winkte zum Abschied – und war im Gedränge verschwunden. Als die Bahn losfuhr, musste Paul kurz schlucken. Insgeheim fand er es nämlich ganz schön aufregend, allein für Roki verantwortlich zu sein. Schnell half er dem kleinen Roboter auf eine freie Bank und setzte sich daneben. *War Rokis Tarnung wirklich so gut, wie er behauptet hatte?* Paul zupfte nervös an dem Schal, der den unteren Teil von Rokis Gesicht verdeckte. Als er wieder hochschaute, fing er den neugierigen Blick einer alten Dame auf.

„Schön, dass du dich so gut um deinen kleinen Bruder kümmerst“, sagte sie.

„*Piiijub!*“, machte Roki laut. „Paul ist nicht mein – “

„Äh, er meint, er ist gar nicht mehr so klein“, unterbrach Paul ihn schnell.

Zum Glück schien die alte Dame schwerhörig zu sein, denn sie lächelte bloß und nickte. Paul lächelte erleichtert zurück. Beinahe hätte Roki sich verplappert. Aber die Tarnung funktionierte, das war die Hauptsache. Nur der kleine Roboter war offenbar nicht zufrieden.

„Die Frau hat einen Fehler gemacht“, sagte er bestimmt. „Ich bin nicht dein Bruder. Ich bin dein Freund.“

Paul wurde plötzlich ganz warm. Roki fing an, richtig mit ihm zu reden! Jetzt konnten sie wirklich Freunde sein. Auf diesen Moment hatte Paul sich riesig gefreut. Trotzdem legte er warnend den Finger vor den Mund: „Pssst, du musst doch geheim bleiben, Roki! Niemand darf wissen, dass du ein Roboter bist.“

„Aha“, sagte Roki, „aber die Pizzarutscher wissen es trotzdem.“

Er zeigte auf zwei Männer in der Nähe. Der eine war klein und hatte einen dichten Bart. Der andere war groß und trug eine dunkle Sonnenbrille. Grinsend kamen sie auf Paul und Roki zu.

Die falschen Klempner!, durchfuhr es Paul. „Was machen wir denn jetzt bloß?“

In diesem Moment baute sich jemand in einem grünen Parka vor ihnen auf. „Die Fahrscheine bitte!“, sagte der Mann und hielt einen Ausweis hoch.

Paul zeigte seine Monatskarte und Rokis Ticket vor. Auch die Pizzarutscher kramten nach ihren Fahrscheinen, doch bevor der Kontrolleur die beiden erreicht hatte, machte Roki etwas Merkwürdiges: Er fuhr seine Teleskoparme aus! Staunend sah Paul zu, wie die kleinen Roboterhände aus den Ärmeln der Joggingjacke hervorkamen und sich unauffällig immer weiter nach den Pizzarutschern ausstreckten. Schon konnte Roki fast nach ihnen greifen. Und dann, so schnell, dass niemand mitbekam, was eigentlich genau passierte, schnappte er den beiden ihre Fahrscheine weg.

„He, was soll das?“ Ungläubig schaute der Kleine auf seine leere Hand.

„Das gibt es doch nicht!“, empörte sich der Große. Doch bevor er die Tickets zurückholen konnte, stand der Kontrolleur auch schon vor ihm.

„Fahrausweise bitte“, sagte er noch einmal streng.

„Wir, äh … wir haben keine mehr“, stotterte der Kleine verblüfft.

„Der Roboter hat sie uns geklaut!“, rief der Große wütend und zeigte mit dem Finger. „Haben Sie das nicht gesehen?“

Alle starrten auf Roki und Paul. Ein paar von den Fahrgästen begannen zu lachen. Paul legte schützend den Arm um Roki und versuchte, ein möglichst unschuldiges Gesicht zu machen.

„Hör mal, ist dein kleiner Bruder vielleicht ein Roboter?“, fragte ihn der Kontrolleur.

„Natürlich nicht!“ Paul schüttelte den Kopf.

„Dachte ich mir schon“, grinste der Mann. „Das ist wirklich die dämlichste Ausrede, die ich jemals gehört habe!“ Dann drängte er die falschen Klempner zur Tür und schob sie beim nächsten Halt kurzerhand auf den

Bahnsteig hinaus. Erleichtert sah Paul zu, wie der Kontrolleur ihnen draußen ein Strafticket verpasste. Als die Bahn ohne die beiden weiterfuhr, fiel ihm ein ganzer Sack Steine gleichzeitig vom Herzen.

„Bot“, sagte Roki. „Hehehehehe!“

„Superbot!“, grinste Paul. Er hielt dem kleinen Roboter die Hand zum Abklatschen hin, doch diese seltsame Sitte kannte Roki noch nicht.

„*Pijuub?*“, machte er neugierig.

„Ich bring’s dir bei“, sagte Paul.

Schnell und gestreift

Vor dem Zoo blieb Paul erst einmal staunend stehen. Zwei riesige Elefanten aus grauem Stein bewachten den Eingang. Paul bewunderte die mächtigen Tiere: ihre baumstammdicken Beine, die langen Rüssel, die Stoßzähne – alles an ihnen war einfach unheimlich groß. Auf ihren starken Rücken trugen die Riesen einen prachtvollen bunten Torbogen. Dieses Tor war mindestens doppelt so hoch wie die Elefanten. Was ihn wohl dahinter erwartete? Voller Vorfreude ging Paul los, um Eintrittskarten zu kaufen.

Roki war inzwischen ohne Umwege direkt in den Zoo hineingelaufen. Eintrittskarten waren ihm völlig egal. Im Vergleich zu seiner großen Neugier waren sogar drei Meter hohe Steinelefanten winzig klein. Das konnte die nette Frau, die hinter dem Tor die Karten kontrollierte, natürlich nicht wissen.

„Hoppla, Kleiner", lächelte sie. „Wohin willst du denn so schnell?"

„Tiere besuchen. Aha!", antwortete Roki. „Und speichern – im Rokipedia."

„Speichern? Na meinetwegen“, sagte die Frau. „Aber erst musst du bezahlen. Du brauchst eine Eintrittskarte, sonst kommst du nicht rein.“

„*Piiijuuub?*“ Roki war verwirrt. Er brauchte doch keine Eintrittskarte, er brauchte Informationen! Ungeduldig wollte er an der Frau vorbeimarschieren. Doch die schaute plötzlich gar nicht mehr so freundlich.

„Halt! Stehen geblieben!“, schimpfte sie und stemmte entschieden die Hände in die Hüften. „Wo sind deine Eltern?“

Schnell rannte Paul zu den beiden hinüber.

„Ich bin sein Bruder!“, keuchte er und wedelte atemlos mit den Eintrittskarten.

„Ganz schön stürmisch, der Kleine.“ Kopfschüttelnd kontrollierte die Frau die Karten. Dann hielt sie Roki einen Korb mit Bonbons und Schokoriegeln hin.

„Wer bezahlt hat, darf sich auch etwas aussuchen“, erklärte sie und lächelte schon wieder. „Was magst du denn am liebsten?“

„Wechselstrom. 230 Volt“, antwortete Roki prompt. „Lecker!“

„Wie bitte?“ Die Frau runzelte die Stirn.

„Ja, ähem, also danke“, murmelte Paul, „wir müssen dann mal los.“ Schnell nahm er Roki an die Hand und spazierte mit ihm davon.

Die Kartenfrau schaute ihnen verdutzt hinterher. Ein merkwürdiges Gespann!, dachte sie. *Der Kleine ist anscheinend nicht ganz richtig im Kopf. Und warum in aller Welt hat sich sein Bruder ein Verlängerungskabel in die Tasche gestopft?*

Ein Stück hinter der Kartenfrau blieben Paul und Roki vor einem Hinweisschild stehen. Darauf waren verschiedene Tiersymbole abgebildet. Pfeile zeigten in alle Richtungen: Raubkatzen, Vögel, Affen, Nashörner – Paul hätte am liebsten alles angeschaut. Gerade noch rechtzeitig fiel ihm ein, dass es ja eigentlich um Roki ging.

„Welche Tiere möchtest du denn zuerst sehen?“, fragte er.

„Die da drüben.“ Roki hatte sich schon entschieden.

Aus einem Gehege in der Nähe schauten struppige kleine Pferde zu ihm herüber – und die waren gestreift!

„Das sind Zebras, Roki“, erklärte Paul.

„Ze – bra. Zebra. Pijuib?“ Neugierig ging Roki einen Schritt auf das Gehege zu. Unter dem Schirm der roten Mütze flogen seine Augen wissbegierig hin und her. Doch plötzlich ertönte ganz in der Nähe donnerndes Gebrüll. Ein Löwe! Erschrocken stoben die Zebras in alle Richtungen davon.

„Aha!“, nickte Roki fachmännisch. „Pendler hat Hunger.“

„Pendler?“, lachte Paul. „Diese Katze ist aber ein bisschen größer als Pendler. Wollen wir sie uns ansehen?“

„*Piiijub!* Raubtierhaus einhundert Meter links“, sagte Roki und zog entschlossen an Pauls Hand.

Paul staunte einmal mehr, wie schnell der kleine Roboter lernte. Was er sich wohl zum Thema Zebras gemerkt hatte? Tja, das hätte er sehen können, wenn Roki den Jogginganzug nicht angehabt hätte. Wie immer zeigte sein Display, was das Rokipedia-System gerade speicherte:

> **Zebra – lange gelbe Zähne. Kann sehr schnell laufen. Fürchtet sich vor Katzen. Schreckhaft!**

ROOARRR!

Echte Löwen! Paul war mächtig gespannt. Noch war das Raubtierhaus nicht in Sicht, aber er konnte es schon riechen: Streng und wild und aufregend biss ihm der Geruch in der Nase. Da fiel ihm etwas ein.

„Kannst du eigentlich auch riechen?“, fragte er Roki.

„Duftsensoren, aha!“, antwortete der Roboter. Er zeigte auf die winzig kleinen Salzstreuerlöcher in seinem Gesicht. „Gerüche sind sehr interessant.“

„Interessant?“ Paul hielt sich die Nase zu. „Also, ich finde, hier stinkt es wie hundert Katzenklos!“

„Was sind Katzenklos?“, wollte Roki sofort wissen.

„Also das – hm – “ Paul stockte. Zum ersten Mal verstand er, warum Valerie manchmal sagte: „Frag nicht so viel.“ Wie sollte er Roki erklären, was ein Klo ist? Der Roboter brauchte schließlich keins! „Ähm“, druckste Paul, „wie wär’s, wenn du dir eine Liste für schwierige Fragen machst? Die kannst du dann später mit Adam durchgehen.“

„Okay“, sagte Roki.

Hier ist, was er im Rokipedia speicherte:

Adam fragen:

1. Was ist ein Katzenklo?

2. Warum ist das schwer zu erklären?

Dann betraten sie das Raubtierhaus und die Klofrage war erst einmal vergessen. Gleich im ersten Käfig entdeckten Roki und Paul einen Löwen. Gebannt schauten sie zu, wie das riesige Tier hinter den Gitterstäben unruhig hin und her lief. Seine Tatzen waren groß wie Frühstücksteller und die zottelige Mähne sah einfach gewaltig aus. Mit leuchtend gelben Augen blickte der Löwe Paul direkt ins Gesicht. Und dann – reckte er seinen mächtigen Kopf und brüllte!

ROOARRR! Wie Donner rollte die Stimme durch den Raum und hallte als Echo von den Wänden zurück. Paul spürte das Grummeln bis tief in seinen Bauch.

„Aha", sagte Roki. „Große Katze hat Hunger."

Paul bemerkte, wie Rokis Augen anfingen zu flimmern. Das war ihm doch schon einmal aufgefallen? Genau, als die Kinder gestern im Späti waren! Für Paul war die Sache klar: Der kleine Roboter rechnete. Gleich würde er irgendeine Zahl ausspucken.

Und tatsächlich. „Achtunddreißig und eine halbe. *Piiijub!*"

„Achtunddreißig und eine halbe was denn?", fragte Paul.

„Pizza", sagte Roki. Er zeigte auf den Löwen. „Pizza Mieze."

„Du meinst, der Löwe schafft achtunddreißig und eine halbe Pizza?“, staunte Paul.

„Dann ist er satt“, nickte Roki. „Nach neununddreißig wird ihm schlecht.“ Seine Augen flimmerten schon wieder. „Zubereitungszeit – aha! 383,25 Minuten. Lorenzo muss sich beeilen.“

ROOARRR! Wieder brüllte der Löwe.

„Ich glaube, Löwen finden Teig und viel Käse gar nicht so toll“, wandte Paul ein, „die essen lieber Zebra.“

„*Piiiijuuuuub?* Aha!“, machte Roki. Dann zog er den Reißverschluss der Joggingjacke herunter, sodass Paul sein Display erkennen konnte:

Großer Pendler = Löwe
Miaut sehr laut
Pizza Löwe: kein Teig, ohne Käse. Viel Zebra!

„O nein, Roki, was machst du denn da?“, flüsterte Paul. „Wenn das einer sieht!“

Schnell wollte er die Jacke wieder zumachen. Doch dann entdeckte er ein kleines, leuchtend rotes Symbol auf Rokis Display. Es sah aus wie ein Lautsprecher.

„Was ist das für ein Zeichen, Roki?“

„Ich habe mein Mikrofon eingeschaltet.“

„Ein Mikrofon? Cool!“ Paul überlegte. „Willst du damit etwa das Löwengebrüll aufnehmen?“, fragte er gespannt.

„Logisch“, antwortete Roki.

ROOARRR! ROOARRRRRRR! Diesmal brüllte der Löwe so gewaltig, dass alle Besucher im Raubtierhaus zusammenzuckten. Ein paar Kinder versteckten sich sogar hinter ihren Eltern. Nur Roki blieb völlig ruhig. Zufrieden wartete er, bis das Symbol auf seinem Display erlosch. Dann zog er Paul am Ärmel. „*Piiijub!* Fertig“, sagte er. „Wohin jetzt?“

Riesenvögel

„Lass uns zu den Vögeln gehen", schlug Paul vor. Am Zoo-Eingang hatte er gehört, wie ein paar Kinder ganz aufgeregt von einem riesigen Kondor erzählt hatten. Den wollte er unbedingt sehen.

„*Piiijuh!* Vögel sind interessant", stimmte Roki zu. Schon lief er zum nächsten Wegweiser. „Vogelhaus in 98 Meter Entfernung."

Doch sie waren noch nicht weit gekommen, da tönte plötzlich ein lautes, lang gezogenes Heulen durch den Zoo. Roki blieb neugierig stehen. Sein Kopf drehte sich irrsinnig schnell in alle Richtungen. Paul wurde vom Zusehen ganz schwindelig. Dann hatte Roki das Rätsel auch schon gelöst: Auf einem kleinen Sandhügel, halb hinter Büschen verborgen, saßen vier große, weiße Tiere und heulten den Himmel an.

„Wölfe!" So viel war Paul klar. „Aber ich dachte, die sind grau?"

Neugierig lief er zum Zaun des Geheges und las die Informationstafel. „Das sind Polarwölfe", erklärte er Roki. „Mit dem weißen Fell sind sie im Schnee gut getarnt."

„Aha!" Roki drückte auf eine Stelle unter seiner Joggingjacke.

Er nimmt das Wolfgeheul auf, dachte Paul.

„*Pijuuub?*", machte der kleine Roboter fragend.

Paul schaute wieder auf die Tafel. „Das Heulen ist wie ein gemeinsames Lied", erklärte er. „Jede Wolfsfamilie hat ihr eigenes. Damit können sie sich über weite Strecken gegenseitig rufen."

„Aha", sagte Roki. „Rabimmel, rabammel, rabumm!"

„Was?" Verblüfft sah Paul den kleinen Roboter an. Dann verstand er: „Der Laternenumzug! Da habe ich dich wiedergefunden – weil du so laut mein Lieblingslied gesungen hast. Meinst du das?"

„Logisch", bestätigte Roki. „Aber Wölfe singen lauter."

Dann gingen sie weiter zu den Vögeln. Roki lief schon wieder zehn Meter voraus und verschwand schließlich hinter einer Kurve. Als Paul ihn einholte, stand der kleine Roboter vor einem hohen Drahtzaun. Er hatte seine Arme ein Stück ausgefahren und bewegte sie langsam auf und ab.

„Was machst du da, Roki?" Gespannt trat Paul näher heran – und dann sah er es auch: Hinter dem Zaun, auf einem Felsen, hockte ein GIGANTISCHER Vogel. Unter seinen ausgestreckten Flügeln hätten sie sich beide locker verstecken können – er auf der einen Seite, Roki auf der anderen. Paul blinzelte ungläubig. Doch der Riesenvogel legte seinen Kopf schief und blinzelte zurück. Kein Zweifel, der war echt!

„Interessant!" Diesmal hatte Roki eine Informationstafel entdeckt. „Der Kondor ist der größte Greifvogel der Welt", las er vor. „Mit einem einzigen Flügelschlag kann er viele Hundert Meter weit segeln. Am liebsten aber stürzt er sich von hohen Berggipfeln hinab ins Tal." Paul wunderte sich. Auch wenn er wusste, dass Roki lesen konnte – ihn so reden zu hören wie einen Menschen war trotzdem sehr, sehr merkwürdig.

In diesem Augenblick breitete der Kondor seine gewaltigen Flügel aus und segelte direkt vor den beiden am Zaun entlang. Paul konnte den Flugwind auf seiner Stirn spüren. Wie toll musste es sein, so frei über der Welt zu schweben! Leider gab es im Zoo keine hohen Berge. Dafür war das Gehege viel zu klein.

„Das ist nicht logisch. *Piijub!*" Roki war es natürlich auch aufgefallen.

„Zu wenig Platz", sagte er bestimmt. „Adam muss den Kondor in die Berge bringen."

„Gute Idee", meinte Paul. „Aber ich glaube nicht, dass das geht."

„Adam kann mir Flügel machen." Roki schlenkerte wieder wild mit seinen Armen. „Damit fliege ich über die Berge – interessant!"

Paul kicherte. Doch vorsichtshalber nahm er den Roboter fest an die Hand. Roki hatte inzwischen schon wieder etwas Neues entdeckt.

„Aha!", sagte er plötzlich, „noch ein Kondor." Mit der freien

Hand wies er auf einen glänzenden kleinen Punkt hoch am blauen Himmel.

„Das ist ein Flugzeug, Roki.“ Paul musste lachen. „Das fliegt noch viel höher als ein Kondor.“

Der kleine Roboter nickte. „Flughöhe 5600 Meter. Geschwindigkeit 576 Stundenkilometer.“

„Woher willst du das denn wissen?“, staunte Paul.

„Peilgerät für Entfernungen“, sagte Roki. „Das Tempo habe ich ausgerechnet.“

„Du kannst – hallo? Ausrechnen, wie schnell ein Flugzeug fliegt?“ Paul war selber ganz gut in Mathe. Aber das konnte er sich dann doch nicht vorstellen.

„Logisch“, sagte Roki. „Soll ich es dir beibringen?“

Wer brüllt denn da?

„Schau mal, die Pinguine!“ Paul zeigte ein Stück den Weg hinauf. Vor einem Wasserbecken drängte sich eine kleine Menschenmenge. „Komm, Roki, ich glaube, die werden gerade gefüttert.“

Ein Tierpfleger fischte kleine Heringe aus einem Eimer und warf sie über eine niedrige Glaswand in das Pinguinbecken. Dahinter flitzten die Pinguine herum und versuchten, die Fische aus der Luft zu schnappen.

„Ah!“ und „Oh!“ riefen die Zuschauer und applaudierten.

Nur ein umherschwimmender Schwan war nicht begeistert von dem Spektakel. Eifersüchtig stieß er mit seinem Schnabel nach den flinken Pinguinen.

„Willst du auch mal?“ Plötzlich hielt der Pfleger Paul den Eimer unter die Nase.Uäähh, das stank ganz schön! Paul ekelte sich ein bisschen vor den glitschigen Fischen, aber dann nahm er doch einen am Schwanz und schleuderte ihn in das Becken. Sofort sausten die Pinguine wieder los.

„*Piijuuuuib?*“ Roki zupfte den Pfleger am Hosenbein. „Für mich auch einen Fisch.“

Der Mann schaute spöttisch auf die kleine Gestalt mit den kurzen Armen.

„Da musst du aber ordentlich Schwung holen, Freundchen“, grinste er.

„Aha.“ Roki nahm einen Hering entgegen, holte aus – und schleuderte ihn weit, weit über das Pinguinbecken hinaus in die Krone eines hohen Baumes.

„Ah!“ und „Oh!“ riefen die Zuschauer wieder und lachten.

Aus dem Baum stob mit lautem Geschrei ein Schwarm Krähen und stürzte sich begeistert auf den fliegenden Fisch.

„Uups, das sind aber keine Pinguine“, witzelte der Tierpfleger. „Na, mach dir nichts draus. War ja höchstens fünfzig Meter daneben, hahaha.“

Doch Paul war ziemlich sicher, dass Roki gar nicht danebengeworfen hatte, schließlich konnte er Entfernungen genau berechnen. Und die Krähen mit Heringen zu füttern, das sah seinem Roboterfreund auch ziemlich ähnlich.

„Du hast das absichtlich gemacht, stimmt's?“ Grinsend sah Paul sich um, doch Roki war nicht zu sehen. Anscheinend steckte er schon wieder im Gedränge um die Pinguine. Paul wollte sich gerade auf die Suche machen, da ertönte ein lautes Alarmsignal und kurz darauf eine bekannte Stimme:

„Dies ist ein Notruf. *Piiijuuub!* Bitte benachrichtigen Sie Adam Batomil! Telefon 0049 30 ….“

„Roki!" Im selben Moment entdeckte Paul die Männer in den blauen Klempneranzügen. Sie hatten den Roboter an beiden Armen gepackt und versuchten, ihn mit sich fortzuziehen.

„Halt, das dürfen Sie nicht!" Paul wollte helfen, doch es waren so viele Leute dazwischen, dass er kaum herankam.

„Roki, pass auf!", rief er noch einmal, dabei schnürte ihm die Panik fast die Kehle zu.

„ROOARRRRRRR!“

Ein markerschütterndes Gebrüll donnerte plötzlich über die Köpfe der Leute. Es klang, als stünde ein Löwe direkt hinter ihnen auf dem Weg!

„ROOARRR! ROOARRRRRRR!“

„Hilfe!“

„Was ist das?“

„Bloß weg hier!“

Die Leute rannten wie die Zebras. Der Tierpfleger ließ seinen Fischeimer fallen.

Sogar die falschen Klempner waren so erschrocken, dass sie Roki losließen und sich nach einem Fluchtweg umsahen.

„ROOARRRRRRR! ROOARRR!“

Paul machte sich große Sorgen um den kleinen Roboter. Es war deutlich zu sehen, wie sein kleiner Körper bebte. Anscheinend wurde er durchgeschüttelt vor Angst. Mit zitterndem Finger drückte Roki auf eine Stelle an seinem Bauch – und Paul ging ein Licht auf: Da war gar kein Löwe! Roki hatte auch keine Angst. Im Gegenteil. Er spielte das Gebrüll aus seinem Speicher ab. Deshalb bebte er so!

„ROOARRR! ROOARRRRRRR … “

PLATSCH!

In ihrer Angst vor dem Löwen waren die falschen Klempner tatsächlich ins Pinguinbecken gesprungen. Der Große hatte seine Sonnenbrille verloren und dem Kleinen fehlte seltsamerweise der Bart. Paul sah, wie zwei Pinguine damit spielten. Solche komischen Fische hatten sie noch nie gesehen. Der schlecht gelaunte Schwan paddelte fauchend auf die Männer im Wasser zu und pickte auf ihren Köpfen herum.

„*Piiijuuuub.* Falsche Pinguine. Hehehe!“, lachte Roki. „Hehehehehe!“

Doch Paul sah besorgt, wie der Große den Schwan kurzerhand beiseitescheuchte. Der Kleine holte sich den Bart und die Sonnenbrille zurück. Schon machten die beiden sich daran, über die niedrige Glaswand aus dem Wasser zu kraxeln. Zum Glück kamen in diesem Moment zwei Sicherheitsmänner herbeigelaufen. Mit finsteren Gesichtern bauten sie sich vor dem Pinguinbecken auf. Ganz klar, die Roboterdiebe würden gleich jede Menge Ärger bekommen.

„Das ist unsere Chance!“ Schnell nahm Paul den kleinen Roboter wieder an die Hand. „Lass uns lieber verschwinden.“

Im Transportmodus

„*Piijuub!* Trottelklempner, hehehe!“ Roki wollte gar nicht aufhören zu lachen.

„Stimmt, die zwei haben sich ganz schön dämlich angestellt“ Paul atmete erleichtert auf. Erst jetzt merkte er so richtig, wie aufregend die letzten Minuten gewesen waren. „Trotzdem haben sie es irgendwie geschafft, uns auf den Fersen zu bleiben. Am besten fahren wir jetzt gleich nach Hause.“

Roki widersprach sofort: „Erst alle Tiere speichern, aha!“ Er zeigte auf den nächsten Wegweiser.

„Mensch, Roki! Die Diebe hätten dich gerade beinahe mitgenommen“, warnte Paul. „Die meinen es ernst! Was ist, wenn sie es noch einmal versuchen?“

Doch Roki war nicht zu bremsen.

„Affen 50 Meter links“, verkündete er und rannte schon wieder los wie aufgezogen. Nicht nur sein Rokipedia-Speicher hatte sich an diesem Tag rasend schnell erweitert. Auch seine Beine waren schneller geworden – und immer eigensinniger wurde er auch. Paul blieb nichts anderes übrig, als hinterherzurennen.

Vor einem runden Gehege mit großen Felsen in der Mitte blieb Roki endlich stehen. Er hatte die Affen entdeckt.

Paul war hin- und hergerissen. Er wusste, dass er Roki so schnell wie möglich nach Hause bringen sollte. Aber auf die Affen hatte er sich selber fast am meisten gefreut. Und so bald würde er sicher nicht wieder in den Zoo kommen.

„Na gut. Die Menschenaffen schauen wir uns noch an“, gab er schließlich nach.

Leider war gerade jetzt im Gehege nicht viel zu sehen. Die Affen hatten ihre Arme und Beine dicht an den Körper gezogen und hockten regungslos auf den Felsen.

Ob die alle schlafen?, dachte Paul enttäuscht.

„*Piiijuuuuib?*“, machte Roki leise. „Aha! Affen im Transportmodus.“

Der kleine Roboter hatte sich direkt vor dem Zaun des Geheges aufgestellt und begann, seine Hüften hin und her zu bewegen.

„Was machst du denn da?“, wunderte sich Paul. „Wieso Transportmodus?“

Doch dann fiel ihm ein, wie Roki sich in Ginas Pizzakiste versteckt hatte. Um da hineinzupassen, hatte er sich auch ganz klein zusammengeklappt. Genau wie die schlafenden Affen. Und was hatte Adam noch über den Transportmodus gesagt? Richtig: Danach brauchte der Roboter seine Lockerungsgymnastik!

Paul grinste. Er verstand immer besser, was in Rokis Kopf vorging.

„Du willst die Affen wieder fitmachen, stimmt's?“, kicherte er. „Mit Robotergymnastik!“

„Bot!“ Roki schaukelte weiter mit seinen Hüften. Dazu fing er jetzt an, mit dem Kopf zu wackeln und seine Arme in die Luft zu recken.

Damit hat er Lorenzo zum Tanzen gebracht!, erinnerte sich Paul. Und der dicke Pizzabäcker war offenbar nicht der Einzige, der Rokis Gymnastik ansteckend fand. Auch den Pavianen schien es zu gefallen. Schon hoben ein paar von ihnen die Köpfe und schauten interessiert, was der kleine Roboter da trieb.

„*Piiijub!*“ Jetzt stampfte Roki vier Mal auf der Stelle und boxte abwechselnd mit dem rechten und linken Arm in die Luft. Klack, klack, klack, klack!, knackten seine Gelenke dazu im Takt.

Zwei kleine Affen kletterten vom Schoß ihrer Mütter und kamen neugierig näher.

Klack, klack, klack, klack! Noch einmal vier Stampfer. Anschließend stieß Roki die Arme senkrecht in die Luft und rief: „Aha!“ Dann begann er die Übung von vorne: „*Piiijub!*“ Hüfte schaukeln, Kopfwackeln, Arme in die Luft.

Klack, klack, klack, klack, vier Stampfer links. Klack, klack, klack, klack, vier Stampfer rechts. „Aha!“

Inzwischen waren alle Affen wach. Die Hälfte von ihnen

hatte sich am Zaun versammelt und auch die übrigen starrten zu Roki hinüber.

„*Piiijub!*“ Der kleine Roboter begann von vorn.

„Guck mal, Papa! Die Affen tanzen!“ Ein Mädchen zeigte aufgeregt auf die zwei kleinsten Affen. Tatsächlich, sie machten Roki nach! Unbeholfen kreisten sie mit den Hüften und wackelten mit dem Kopf.

„Hehehehe!“ Roki freute sich.

Klack, klack, klack, klack. Zwei weitere Affen machten mit. *Klack, klack, klack, klack.* „Aha!“

„Habt ihr das gesehen?“ Immer mehr Zoobesucher blieben stehen.

„Unfassbar!“ Die Leute lachten und tuschelten.

„Guck doch mal!“ Die ersten Handykameras blitzten auf.

„Piiijub!“ Roki streckte jetzt die Arme zur Seite aus und versuchte kleine Hopser auf einem Bein. Die Affen purzelten durcheinander. Die Zuschauer johlten und hielten ihre Handys hoch. Ein paar Jugendliche versuchten kichernd, Rokis Bewegungen nachzuahmen.

„Hehehehe! Aha! Alle mitmachen!“ Roki winkte fröhlich und startete seinen kleinen Tanz von vorne. Und tatsächlich, bald tanzten weitere Zuschauer mit. Kleine Kinder, die gerade laufen konnten, alte Leute mit Rollator – plötzlich wollten alle dabei sein. Von den Affen ganz zu schweigen. Vor und hinter dem

Zaun wurde wild getanzt. Die Leute lachten vor Vergnügen. Sie ließen ihre Hüften schaukeln und wackelten im Takt mit dem Kopf. Und jedes Mal, wenn Roki seine Arme in die Luft stieß, brüllten alle im Chor: „Aha!"

Nur den Affen wollte das „Aha" nicht so recht gelingen. Deshalb kreischten sie einfach, so laut sie konnten. Es war wie ein riesiges buntes Straßenfest, bei dem ein Ballett aus Verrückten auftrat.

Paul riss vor Staunen die Augen auf, dann stürzte er sich auch ins Getümmel. *Klack, klack, klack, klack* –„Aha!" Das machte richtig Spaß!

„Bot." Als Roki sah, dass sein Freund mittanzte, legte er sich noch einmal ordentlich ins Zeug. In jeder Runde baute er eine neue Bewegung ein. Dazu probierte er mit voller Lautsprecherkraft einige seiner Lieblingsgeräusche: *„Pijuuub* – Rabimmel – Rabumm – Hehehehe – bot!"

Aufgeflogen!

Roki tanzte so ausgelassen, dass ihm die rote Baseballmütze längst schräg auf einem Ohr hing. Millimeter für Millimeter rutschte sie von seinem glatten Kopf. Der Schal lag schon auf dem sandigen Weg. Auch die Jogginghose schlabberte gefährlich tief auf seiner Hüfte. Doch der kleine Roboter machte unbekümmert weiter. Und dann, gerade in dem Moment, als die Mütze endgültig hinunterfiel, glitt auch die rote Hose zu Boden.

„*Piiijuib?*" Roki stolperte, er konnte sich gerade noch auf den Füßen halten. Seine Augen suchten Paul in der Menge, dann leuchteten sie blau und grün auf.

„Aha", sagte er, „ein Unfall."

Auf einen Schlag wurde es mucksmäuschenstill vor dem Affengehege. Mit großen Augen starrten die Leute Rokis weißen Plastikkörper an.

„Das ist ja … ich meine … ist das … ein Roboter?", fragte einer der Jugendlichen.

Sekunden später war Roki dicht umringt von Neugierigen.

„Nicht zu glauben, ein echter Roboter!"

„Schaut mal, die Beine!“

„Und diese Ohren!“

Die Leute traten sich gegenseitig auf die Füße, um besser sehen zu können. Unzählige Kameras klickten. Schnell zog Paul Rokis Hose hoch, drückte die Mütze in sein Gesicht und wickelte ihm den Schal wieder um. Zum Glück schallte in diesem Moment eine Lautsprecherdurchsage durch den Zoo:

„Liebe Gäste, wir schließen in zehn Minuten. Vielen Dank und auf Wiedersehen!“

Trotzdem dauerte es noch eine ganze Weile, bis die Menge sich zerstreute.

Als Paul und Roki gemeinsam durch das Tor traten, war der Platz vor dem Zoo noch immer voller Leute. Mehrere Reisegruppen warteten auf ihre Busse. Auch eine Schulklasse war dabei. Als die Kinder Roki erkannten, fingen sie gleich wieder an zu klatschen und zu lachen. Ein paar ältere Mädchen kreischten laut auf. Sie wackelten mit dem Kopf, stießen die Arme in die Luft und riefen: „Aha!“

„Aha!“, rief Roki zurück und winkte wie ein Filmstar.

Paul grinste stolz. Aber was Adam dazu sagen würde, darüber wollte er lieber nicht nachdenken. Eilig kramte er das Handy hervor und rief seine Mutter an.

„Hallo Mama, wir kommen jetzt nach Hause.“

„Super, mein Großer.“ Valerie klang erleichtert. „Hat denn alles gut geklappt?“

„Klar, kein Problem“, flunkerte Paul. Die Geschichte mit den falschen Klempnern behielt er lieber für sich. Valerie sollte sich erst gar keine Sorgen machen.

„Paul? Hier ist Adam noch“, meldete Valeries Stimme sich zurück.

Uups! Damit hatte Paul nun gar nicht gerechnet.

„Habt ihr das Rokipedia ordentlich aufgefüllt?“, fragte Adam schniefend.

„O ja!“, antwortete Paul, „Roki kennt jetzt Zebras, Löwen, verschiedene Vögel und – äähm, Paviane.“

„Toll“, freute sich der Wissenschaftler. „Und hat seine Tarnung funktioniert?“

Paul schluckte. Doch dann musste er wohl oder übel von Rokis Auftritt vor dem Affengehege erzählen.

„Na, das war’s dann wohl endgültig mit der Geheimhaltung“, seufzte Adam, „wahrscheinlich ist Roki jetzt schon ein Youtube-Star.“

„Weil so viele Leute ihn gefilmt haben?“, fragte Paul kleinlaut.

„Natürlich“, antwortete Adam. „Ein kleines Kind, das Paviane zum Tanzen bringt und sich dann auch noch als Roboter entpuppt? Wahrscheinlich kommt Rokis Lockerungsgymnastik demnächst ganz groß in Mode – als Roki-Style oder so.“

Er stöhnte, aber es klang nicht wirklich sauer. Paul atmete auf.

„Nach der ganzen Aufregung hat Roki sicher bald Hunger“, meinte Adam noch. „Jetzt kommt schnell heim, bevor der Schluckauf wieder losgeht.“

Doch das war gar nicht so einfach. Paul wollte auf direktem Weg zur U-Bahn, aber Roki zog und zerrte ständig an seiner Hand und wollte in die andere Richtung. Der kleine Roboter reckte seinen Kopf zur Straße, als gäbe es dort etwas Besonderes zu hören. Sosehr Paul sich auch anstrengte, er hörte bloß den Lärm der Reisebusse und der vielen Menschen.

„Was ist denn da, Roki?“, fragte er.

„Ein Polarwolf“, antwortete der Roboter, „er heult.“

„Ein Polarwolf?“, staunte Paul. Das Wolfsgehege war doch mindestens einen halben Kilometer entfernt! „Deine elektronischen Ohren müssen viel, viel feiner sein als meine“, meinte er bewundernd.

„Logisch“, sagte Roki.

Dann hatten sie endlich die U-Bahn erreicht. Auch hier herrschte dichtes Gedränge. Paul hielt Roki fest an der Hand. Er war froh, dass sie sich nicht am Fahrkartenautomaten anstellen mussten. Den Rückfahrschein für Roki hatte Paul zusammen mit seiner Monatskarte im Rucksack verstaut.

„Moment“, sagte er zu Roki und nestelte an den Reißverschlüssen herum, bis er die Fahrkarten gefunden hatte. „Hab's schon, wir können gehen.“ Er sah sich um. „Roki? Roki!“

Die eine Sekunde, in der Paul Rokis Hand losgelassen hatte, hatte gereicht – Roki war wieder einmal verschwunden.

Wer heult denn da?

Roki folgte seinen Ohren. Er war sich sicher: Irgendwo hier draußen rief ein Polarwolf nach seiner Familie! Schließlich hatte er das Lied der Wölfe vorhin erst aufgenommen. Dies hier klang ganz ähnlich, und Paul hatte ihm ja erklärt, was das bedeutete. Jetzt musste Roki den Wolf nur noch finden und in den Zoo zurückbringen – genau wie Paul ihn nach dem Laternenumzug zu Adam gebracht hatte. So weit war alles ganz logisch. Nur, wo steckte der Wolf? Sogar Rokis feine Roboterohren hatten Mühe mit dem Verkehrslärm. Unschlüssig stand er am Straßenrand.

Da beugte sich plötzlich eine fremde Frau zu ihm hinunter: „Na, mein Kleiner“, sagte sie freundlich. „Soll ich dir über den Zebrastreifen helfen?“

„*Piiijuuuib?* Zebrastreifen?“ Roki war verwirrt. Die Zebras waren doch im Zoo! Doch die Frau zeigte auf die Straße und tatsächlich: Dort lag eine ganze Reihe schwarzer und weißer Streifen herum. Ein Auto nach dem anderen fuhr darüber hinweg – und das war nun wirklich überhaupt nicht einzusehen! Zebras waren äußerst schreckhaft und liefen bei der kleinsten

Störung davon. Das hatte Roki alles abgespeichert. Gerade wollte er der Frau erklären, dass sie sich getäuscht hatte, da hielten die Autos auf einmal an. Die Frau nahm Rokis Hand und zog ihn einfach über die Straße. Seltsamerweise blieb das Zebra unter ihren Füßen brav liegen, bis sie die andere Seite erreicht hatten.

„Das ist nicht logisch. Ein Fehler!", protestierte Roki.

Doch die Frau hatte ihn wohl nicht richtig verstanden.

„Gern geschehen, Kleiner", sagte sie. „Jetzt pass aber gut auf dich auf. Tschüss!"

„*Pijuuuib?*" Roki war durcheinander. Er nahm sich vor, später Adam zu fragen, warum die Zebras nicht wegliefen. Schnell setzte er es auf seine Liste:

1. Was ist ein Katzenklo?

2. Warum ist das schwer zu erklären?

3. Zebrastreifen?

Doch zuerst wollte Roki den verlorenen Polarwolf finden. Entschlossen stellte er seine Hörkraft auf höchste Stufe – da war das Heulen wieder! Es schien von einem sehr hohen Gebäude in der Nähe auszugehen. Der kleine Roboter berechnete die Entfernung: 134 Meter. Auf dem Weg dorthin musste er zwei weitere Zebras überqueren. Dabei beugte er sich jedes Mal kurz hinunter, um die schwarz-weißen Streifen zu beruhigen:

„Nicht weglaufen. *Piiijub.* Keine Gefahr!"

Dann stand er vor dem hohen Gebäude. Menschen mit Einkaufstaschen eilten hinein und heraus, doch keiner schien das Heulen zu bemerken. Und niemand beachtete Roki. Der kleine Roboter musste von einer Seite auf die andere springen, um nicht angerempelt zu werden. Bald knirschten und knackten seine empfindlichen Gelenke bei jedem Hüpfer. Plötzlich, nach einem besonders heftigen KNACK, kullerte eine Schraube aus dem Bein seiner Jogginghose und rollte davon. Roki bückte sich danach – und da, halb hinter einem Abfallkorb verborgen, saß der Polarwolf! Kein Wunder, dass Roki ihn vorher nicht entdeckt hatte. Das Tier war nämlich winzig klein. Auch war sein Fell nicht glatt und weiß wie Schnee, sondern lockig und braun mit schwarzen Flecken. Das war alles sehr merkwürdig.

Missverständnisse

„*Piiiijub!*“ Roki sah ein, dass er einen Fehler gemacht hatte: Dieses ängstlich zitternde Tier gehörte ganz sicher nicht zu den Wölfen im Zoo. Aber warum heulte es dann? Er schaute noch einmal genau hin.

„Aha!“ Jemand hatte den kleinen Kerl an dem Abfallkorb festgebunden. Warum bloß? So konnte er doch gar nicht weglaufen! Hilfsbereit begann Roki, die Leine aufzuknoten. Da hörte er plötzlich aufgeregte Stimmen:

„Guckt mal, da ist Felix!“

„Papa! Was macht der Junge da?“

Ein Mann und zwei Kinder starrten auf Roki hinunter. Der Mann streckte seine Hand nach der Leine aus und schimpfte: „Was fällt dir ein, einfach unseren Hund loszubinden?“

Roki freute sich. Endlich wusste er, was für ein Tier das war!

„Ein Hund – aha!“, sagte er. „Interessante Information. Vielen Dank. *Piiiijub!*“

„Das ist unser Felix.“ Die Kinder schauten Roki neugierig an, doch der Mann sah immer noch ärgerlich aus.

„Wo sind deine Eltern?“, fragte er streng.

„Mein Papa ist Adam Batomil. Stargarder Straße 70.“ Roki wollte gerade seine Jacke öffnen, um dem Mann die Telefonnummer auf dem Display zu zeigen, da stürzten von der anderen Straßenseite zwei weitere Männer herbei. Roki erkannte sie sofort an ihren nassen Klempneranzügen: die Roboterdiebe!

„Da ist ja der Ausreißer!“, rief der Kleine mit dem Bart.

„Haben wir dich endlich!“ Der Große mit der Sonnenbrille legte seine Hände schwer auf Rokis Schultern.

„Dieser Junge wollte meinen Hund stehlen!“, sagte der Mann mit den Kindern empört. „Gehört der etwa zu Ihnen?“

„O ja“, grinste der Große, „das ist unser – äh – Neffe.“

„Genau!“ Der Kleine mit dem Bart nickte eifrig. „Der Sohn von unserem lieben Bruder Adam.“ Er tätschelte Rokis Kopf.

„Sie sollten wirklich besser auf ihn aufpassen“, schimpfte der Hundebesitzer, „ich hätte beinahe die Polizei gerufen.“

„Polizei?“, stieß der Große hervor, „das ist doch nicht nötig.“

„Nein, nein“, beschwichtigte der kleine Bärtige hastig, „unser Neffe ist nur ein bisschen verwirrt. Überlassen Sie ihn ruhig uns, wir sind seine Lieblingsonkel.“

„So ist es“, brummte der Große. „Ich bin Onkel Max und das da ist Onkel Eddi. Stimmt’s, Kleiner?“

„*Piiiijub!* Fehler, aha!“, widersprach Roki, „ihr seid falsche Pinguine. Und Roboterdiebe!“

„Sehen Sie?“, grinste der Große, „das arme Kind ist völlig plemplem.“

Dann packte er Roki und schubste ihn vor sich her.

„Los jetzt, wir gehen!“

„*Piiiijuuub!* Dies ist ein Notruf“, sagte Roki zu dem Hundebesitzer. „Bitte benachrichtigen Sie Adam Batomil!“

Doch der Mann schüttelte bloß den Kopf und schob seine Kinder eilig in die andere Richtung, weg von Roki und den Dieben. Den kleinen Hund zerrte er an der Leine hinter sich her.

Ein Löwe mit Schluckauf

„Abmarsch, Elektrozwerg!“

Max und Eddi nahmen Roki in die Mitte und bugsierten ihn unsanft über den nächsten Zebrastreifen.

„*Piiiijub!* Vorsicht, defekt“, protestierte Roki. Seit er vorhin die Schraube verloren hatte, schlackerte sein Kniegelenk bei jedem Schritt. Außerdem spürte er, wie seine Kräfte langsam nachließen. Bald würde er eine Steckdose brauchen! Doch die beiden Roboterdiebe machten sich bloß über ihn lustig.

„Warte, bis wir im Auto sind. Dann macht Onkel Max dir ein Pflaster drauf“, feixte der Große, „höhöhö!“

„Hihi, Onkel Eddi kann auch pusten“, kicherte der Bärtige.“

Roki sagte nichts mehr. Stattdessen drehte er seinen Kopf unauffällig in alle Richtungen. Schnell entdeckte er den blauen Transporter. Die falschen Onkel hatten ihn auf der anderen Seite der Kreuzung geparkt. Roki ließ sich nichts anmerken, doch unter der roten Baseballmütze arbeitete sein Computergehirn auf Hochtouren. Der kleine Roboter wusste: Wenn die Diebe ihn erst einmal in ihrem Wagen hatten, konnte er nicht mehr viel tun. Er musste sich vorher befreien! Mit seinem Peilgerät maß er die Entfernung – noch 30 Meter bis zum Transporter. Dazwischen lagen zwei Zebras. Rokis Augen flimmerten kurz während er rechnete, dann war alles klar: Ihm blieben exakt eine Minute und 43 Sekunden, um zu fliehen. Und er hatte auch schon einen Plan.

Roki wartete, bis sie auf dem nächsten Zebrastreifen waren. Dann schob er schnell eine Hand unter die Jacke und startete die Aufnahme aus dem Raubtierhaus – das hatte schließlich schon einmal geklappt.

„ROOARRRRRRR!"

Roki war gespannt. Jetzt mussten die Diebe ihn eigentlich vor Schreck loslassen – doch nichts geschah! Genau in diesem Moment war ein riesiger Lastwagen vorbeigedonnert und hatte das Löwengebrüll glatt übertönt. Roki stellte seinen Lautsprecher auf Höchstleistung und probierte es noch einmal:

„ROOARRRRRRR! RRRROA – hicks! Rrr – hicks – rrrmpf. Hicks!"

Der elektronische Schluckauf war zurück.

„Hahahahaha! Was soll das denn gewesen sein?" Der Bärtige mit dem Namen Eddi lachte hämisch.

„Ein Löwe mit Schluckauf, höhöhö!" Max wischte sich die Augen unter der Sonnenbrille, so lustig fand er das.

„Darauf fallen wir doch nicht herein, hahahaha!"

Die Männer lachten immer noch, als sie den blauen Transporter erreichten.

Eddi öffnete die Tür und Max hob Roki kurzerhand hinein.

„*Piiijub!* Das ist ein Fehler", protestierte Roki, „bringen Sie mich – hicks – zu Adam Batomil!"

„Natürlich, gerne!", kicherte Eddi, „wir bringen dich gleich sofort zu Adam – hicks – Batomil. Oder, Max?"

„Klaro – hicks! Ist doch unser Bruder, höhöhöhö – hicks!"

Krachend warfen sie die Türen zu und der kleine Roboter saß in der Falle. Doch so leicht ließ er sich nicht entmutigen – schließlich hatte er immer noch sein superschnelles Computerhirn!

Als Eddi den Motor startete, schaute Roki sich schon wieder neugierig in der Fahrerkabine um. Was er jetzt brauchte, war ein neuer Plan.

Kreisverkehr

Im dichten Feierabendverkehr kam der Transporter nur langsam voran. Nach zehn Minuten Fahrt waren sie immer noch ganz in der Nähe des Zoos. Das war gut! Sicher war auch Paul noch irgendwo in der Gegend, überlegte Roki. Vielleicht hatte sein Freund inzwischen Adam alarmiert und sie suchten ihn gemeinsam?

Max und Eddi dachten anscheinend dasselbe. Sie wollten so schnell wie möglich weg aus der Innenstadt. Ungeduldig trommelte Eddi auf dem Lenkrad herum.

„Jetzt kommt auch noch eine Baustelle“, stöhnte Max. „Wenn das so weitergeht, sind wir morgen früh noch nicht im Hauptquartier!“

„*Pijuuuib?* Was ist ein Hauptquartier?“, fragte Roki wissbegierig.

„Da verstecken wir – “, wollte Max unbedacht antworten, doch Eddi stieß ihn in die Seite: „Klappe halten, du Dummkopf!“, schnappte er. „Mach lieber das Navi an und such nach einer Umleitung.“

„Okay.“ Max beugte sich vor und drückte ein paar Tasten auf dem Bordcomputer. Auf dem Display erschien eine Adresse:

Herzbergstraße 40–43

Die würde Roki sich merken. Aber vor allem wollte er dafür sorgen, dass sie dort noch lange nicht ankamen. Heimlich startete der kleine Roboter seinen Teleskopmechanismus. Wie in Zeitlupe wuchs sein linker Arm aus dem Ärmel der Joggingjacke heraus und bewegte sich unauffällig Richtung Bordcomputer.

„Brrrr, mir ist immer noch kalt“, meckerte Max, „dieser Anzug wird einfach nicht wieder trocken.“

„Ich bin auch völlig durchgeweicht“, nickte Eddi, „dreh mal die Heizung hoch.“

„Gute Idee!“ Wieder beugte Max sich nach vorne.

Roki erstarrte. Bewegungslos schwebte seine linke Hand in der Luft. Ob Max etwas merken würde? Doch der Dieb schaltete nur die Klimaanlage ein, dann starrte er wieder ungeduldig auf die Straße.

Glück gehabt! Jetzt musste Rokis Arm nur noch ein klein wenig länger werden, dann war er endlich am Ziel. Unbemerkt streckte er seinen linken Zeigefinger aus und verband sich mit dem Bordcomputer.

Kurz darauf meldete sich das Navigationssystem: „In 150 Metern links.“

„Schon wieder links?“, fragte Eddi erstaunt. „Komische Umleitung ist das.“

„Hauptsache, kein Stau“, brummte Max. Keiner von beiden bemerkte, dass Roki sie gerade zum dritten Mal am Zoo vorbeifahren ließ: Immer, wenn das Elefantentor in Sicht kam, sprühte die Wischanlage eine dicke Schicht Schaum auf die Scheibe.

„Ich sehe wieder nichts“, schimpfte Eddi, „dieses Auto macht, was es will!“

Fehler, dachte Roki, *es macht, was ICH will, aha!* Doch der kleine Roboter wusste, dass sein Trick nicht ewig gut gehen konnte. Sogar die dümmsten Diebe merken nämlich irgendwann, dass sie im Kreis fahren – außer, sie werden abgelenkt.

„He, Max, wolltest du nicht die Heizung anmachen?“, fragte Eddi einige Minuten später. „Wird verflixt kalt hier.“

„Ist aber voll aufgedreht“, widersprach Max, „vielleicht ist die Klimaanlage kaputt.“

Nicht kaputt – umprogrammiert!, dachte Roki. Hehehehe!

Dann steckte er seinen Finger wieder in den Bordcomputer und ließ den Ventilator starten. Sofort wurde eiskalter Wind in die Fahrerkabine geblasen. Der Luftzug war so heftig, dass den Dieben die Augen tränten.

„Das ist nicht mehr normal!“, schrie Max und hielt sich schützend die Hände vors Gesicht. „Halt an, Eddi!“

„Ich kann gerade nicht!“, brüllte Eddi zurück. Mit der einen

Hand hielt er das Steuer fest, mit der anderen fuchtelte er in der Kabine herum – der Wind aus dem Ventilator hatte ihm den falschen Bart weggerissen.

„Schluss jetzt mit dem Unsinn!“

Max versuchte mit zitternden Fingern die Klimaanlage auszuschalten, doch seltsamerweise reagierte sie nicht. Beide Diebe schlotterten in ihren feuchten Klempneranzügen und schrien sich gegenseitig an.

Nur Roki saß ganz still zwischen ihnen und dachte in Höchstgeschwindigkeit nach. Sein grünes Auge hatte gerade ein kleines silbernes Ding entdeckt, das aus Eddis Hosentasche hervorschaute – es war ein Mobiltelefon. Behutsam reckte Roki seinen Arm und ließ ihn langsam länger werden.

Unlogische Gefühle

Paul stand im U-Bahnhof und schaute unschlüssig auf sein Handy. Schon dreimal hatte er Adams Nummer aufgerufen und im letzten Moment wieder gelöscht. Er traute sich einfach nicht zu sagen, dass er Roki verloren hatte. Trotzdem, es musste sein. Paul holte tief Luft, dann drückte er die Anruftaste und wartete mit klopfendem Herzen darauf, dass Adam sich meldete. Bestimmt würde der Wissenschaftler sich schrecklich aufregen! Doch zu Pauls Überraschung ließ Adam ihn ganz ruhig erzählen, was im Bahnhof passiert war.

„Adam? Bist du noch dran?“, fragte Paul unsicher. „Es tut mir so leid!“

„Weißt du, Paul“, sagte Adam endlich, „im Grunde musste man damit rechnen. So wie Roki programmiert ist, lässt er sich einfach nicht ewig an die Hand nehmen.“

„Du meinst, es war nicht alles meine Schuld?“, fragte Paul beklommen.

„Natürlich nicht“, sagte Adam. „Roki kommt uns zwar vor wie ein Kind. Du darfst aber nicht vergessen, dass er eine sehr schlaue

Maschine ist. Deshalb mach dir jetzt nicht zu viele Sorgen. So schnell passiert ihm nichts."

„Ja, aber du weißt noch nicht …" Paul schluckte. Dann gestand er Adam auch den Rest des Abenteuers: wie die falschen Klempner in der U-Bahn aufgetaucht waren und schließlich die Geschichte am Pinguinbecken.

„Diese Typen sind also wirklich hinter Roki her!" Jetzt klang Adam doch alarmiert. „Dann können wir auf keinen Fall warten, bis er alleine nach Hause findet."

„Sag ich doch." Paul war froh, dass endlich etwas passierte. „Wir müssen ihn suchen!"

„Vor allem darfst du uns nicht auch noch verloren gehen", bremste Adam. „Halt die Augen offen, aber bleib, wo du bist. Ich überlege mir etwas und rufe dich wieder an." Und weg war er.

Paul stieg langsam die Treppe zur Straße empor. *Bleib, wo du bist* – Das hieß doch sicher nicht, dass er die ganze Zeit im U-Bahnhof warten sollte. Gar nichts tun zu können, machte ihn ganz hibbelig. Draußen vor dem Bahnhof hatte er wenigstens eine Chance, Roki zu entdecken – oder die falschen Klempner.

Wieder musste Paul tief Luft holen. Die Sorge um Roki drückte ihm richtig auf der Brust. Ob der kleine Roboter auch solche Gefühle hatte? Wusste er überhaupt, was Angst war? Was spürte er, wenn er lachte? Und wie ging es ihm jetzt gerade, in diesem Moment?

Während Paul darauf wartete, dass Adam wieder anrief, dachte er darüber nach, was der Wissenschaftler über Roki gesagt hatte: *Du darfst nicht vergessen, dass er eine sehr schlaue Maschine ist.* Doch Paul vergaß das andauernd. Er wusste natürlich, dass Roki nur aus Metall und Plastik und seinem Computergehirn bestand. Aber es fühlte sich eben überhaupt nicht so an! Für Paul war Roki keine Maschine, sondern ein Freund – auch wenn das überhaupt nicht logisch war.

Also, jetzt schlägt's dreizehn!

Vor dem Bahnhofseingang herrschte immer noch großer Betrieb. Fußgänger eilten ein und aus, Taxis sausten davon, Busse warteten mit dröhnenden Motoren, unzählige Autos zischten vorbei. Und irgendwo da draußen war Roki, ganz allein. Auch Paul fühlte sich auf einmal ziemlich klein und einsam in der riesigen Stadt. Unsicher blickte er sich um, da entdeckte er eine freie Bank in der Nähe. Dort konnte er warten, bis Adam anrief. Seufzend ließ Paul sich auf den Sitz fallen. Auf der Bank nebenan saßen zwei ältere Leute und schauten über den Platz, als wären sie im Kino.

„Na, Kleiner, wartest du auf die Mutti?", fragte die Frau interessiert.

„Mhm". Paul nickte einfach. Auch wenn Roki jetzt kein richtiges Geheimnis mehr war, die Wahrheit schien ihm doch zu kompliziert, um sie den beiden zu erklären.

„Jetzt guck sich das einer an!" Der Mann zeigte auf die andere Seite des Platzes. „Ein, zwei, fünf – nee! – sieben Pizzaboten! Da hat aber jemand gewaltigen Kohldampf!"

Paul schaute überrascht auf. Da steuerte wirklich eine ganze Gruppe von Rollern auf den Platz zu. An den bunten Lieferkisten auf ihren Gepäckträgern waren sie leicht zu erkennen. DINOS PIZZABLIZZA, las Paul, HAUPTSTADTPIZZA, VENEZIA XXL, HOT PIZZA EXPRESS ...

„Da sind noch mehr! Acht, neun, zehn, nein zwölf!", rief die Frau neben Paul. „Also gleich schlägt's dreizehn!"

Immer mehr bunte Roller kurvten heran und umringten die beiden Bänke. Die Fahrer hupten fröhlich und winkten Paul zu.

„Kennst du die, Kleiner?", fragte der Mann neugierig.

Doch Paul war schon überrascht aufgesprungen, denn in diesem Augenblick hatte er tatsächlich einen der Fahrer erkannt: Es war Gina! Und hinter ihr kam noch jemand angebraust …

„Adam!“, rief Paul erleichtert. „Warum hast du nicht angerufen?“

„Hab ich ja. Hat aber nicht geklappt“, schniefte der Wissenschaftler.

Paul zog sein Handy hervor und schaute nach: Der Akku war leer – wie peinlich. Zum Glück ging Adam einfach darüber hinweg.

„Kein Problem, ich wusste ja, wo du bist.“ Der Wissenschaftler kletterte umständlich vom Roller. „Gibt's hier was Neues von Roki?“

„Nein, nichts Neues“, antwortete Paul und stopfte das Handy verlegen wieder in die Tasche. „Aber was machen die vielen Pizzaboten hier?“

„Ganz einfach“, erklärte Adam. „Ich habe Gina um Hilfe gebeten und Gina hat Lorenzo gefragt.“

„Genau“, bestätigte Gina. „Und Papa hat die ganze Familie angerufen. Und unsere Freunde. Und dann haben alle zusammen ihre Fahrer losgeschickt, um Roki zu suchen.“ Sie grinste. „Genial, oder?“

„Supergenial“, staunte Paul, „wie viele seid ihr?“

„64, insgesamt!“, strahlte Gina. „Zusammen finden wir Roki ganz sicher, oder Leute?“

„Klar!“, riefen da die anderen.

„Aber hallo!“

„Naturalmente!"

„Null Problemo!"

„Avanti!"

Die Pizzaboten standen in einen großen Kreis um Adam und Paul herum und ließen die Motoren knattern. Es gab Roller der verschiedensten Sorten: rostige alte voller Schrammen, Beulen und mit gesprungenen Rückspiegeln, blitzblanke neue in glänzendem Rot, Blau, Grün oder Knallgelb. Einige qualmten fürchterlich, andere liefen leise mit Strom. Die Fahrer hupten noch einmal laut durcheinander, dann brausten sie in alle Richtungen davon.

Paul winkte ihnen hinterher, bis der letzte vom Platz gerollt war. „Und was machen wir?" Er war begierig, auch etwas zu tun.

„Wir suchen zu Fuß." Adam zeigte auf sein Handy. „Wenn sie Roki sehen, ruft Gina sofort an."

Die alten Leutchen auf der Bank starrten immer noch neugierig herüber.

„Na dann, viel Glück!", wünschte der Mann.

„Tschüss", verabschiedete Paul sich höflich. Er war froh, dass Adam ausnahmsweise keinen Schlafanzug anhatte.

Zu spät!

Paul und Adam hatten den Bahnhof gerade hinter sich gelassen, da mussten sie schon wieder anhalten: Mitten auf dem Zebrastreifen kam ein kleiner Hund auf sie zugesprungen. Fröhlich raste er um die beiden herum und fesselte ihre Füße mit seiner langen Leine.

„Nun komm schon, Felix", drängte der Mann am anderen Ende der Leine. „Für heute hast du genug Abenteuer erlebt." Ungeduldig befreite er Paul und Adam und zerrte den Hund mit sich fort.

Danach passierte leider eine ganze Weile gar nichts. Sosehr sie ihre Köpfe auch in alle Richtungen drehten, von Roki fehlte jede Spur. Alle paar Augenblicke fuhr ein Pizzaroller an ihnen vorbei. Die Fahrer lachten und hupten zuversichtlich, aber Paul war bald enttäuscht. Er hatte gehofft, dass die vielen Helfer den kleinen Roboter in null Komma nichts finden würden. Doch bis jetzt hatte keiner von ihnen auch nur eine Schraube entdeckt.

Endlich tat sich doch noch etwas – Adams Handy klingelte.

„Ist das Gina?“, fragte Paul hoffnungsvoll. „Haben sie Roki gefunden?“

„Es ist Lorenzo“, sagte Adam überrascht.

Er stellte das Telefon laut, damit Paul mithören konnte.

Die kräftige Stimme von Ginas Vater übertönte mühelos den Straßenverkehr: „Stellt euch vor, der Robotini hat mir eine SMS geschickt!“

„Wie bitte?“ Adam schrie beinahe. „Roki hat – SMS? Wie denn, wann, wo ist er?“

„Er sagt, er ist bei Eddi und Max!“, brüllte Lorenzo.

„Eddi und Max“, fragte Adam, „wer ist das?“

„Das sind – äh – falsche Pinguine“, antwortete Lorenzo, „so steht es in Rokis Nachricht.“

„Die Roboterdiebe!“, platzte Paul dazwischen. „Oh nein, sie haben ihn geschnappt!“

„Lorenzo, hör zu“, Adam war ganz bleich geworden. „Was hat Roki sonst noch geschrieben. Weiß er, wo er ist?“

„*Si, si,* aber es ist kompliziert!“, erwiderte Lorenzo. „*Uno momento*, ich lese es vor. Also, Robotini sagt: ‚Blauer Transporter kommt alle siebeneinhalb Minuten am Zoo vorbei. Ende.' *Capito*?"

„Nicht wirklich." Adam schüttelte ratlos den Kopf. „Alle siebeneinhalb Minuten … Was soll das bedeuten? Verstehst du das, Paul?"

„Ist doch egal, wie viele Minuten", rief Paul ungeduldig, „wir müssen zum Zoo, schnell!"

„Gina!", rief Adam wenige Sekunden später in sein Handy. „Sucht nach dem blauen Klempnerauto – da ist Roki drin! Wir laufen zurück zum Zoo und treffen uns dort!"

Dann nahm er Paul an die Hand und endlich rannten sie los.

„Woher hat Roki Lorenzos Handynummer?", wunderte sich Paul atemlos.

„Aus dem Computer in der Pizzeria wahrscheinlich", keuchte Adam zurück. „Wenn er wieder bei uns ist, gebe ich ihm als Erstes meine Nummer, damit er mich unterwegs erreicht."

Wenn er wieder bei uns ist – hoffentlich ist das ganz bald!, wünschte sich Paul verzweifelt. Doch als sie wenige Augenblicke später am Zoo ankamen, war weit und breit kein blauer Transporter zu sehen.

„17:49 Uhr", las Adam von seiner Armbanduhr. „Wenn Rokis Berechnung stimmt, müssten sie spätestens um 17:56 Uhr in Sicht kommen."

Für Paul waren es die längsten Minuten, die er je erlebt hatte. Immer wieder griff er nach Adams Handgelenk. 17:54, 17:55 – noch 60 Sekunden! Ein großer Reisebus schob sich langsam vorbei und dahinter, endlich, kam der blaue Transporter!

„Da, Adam, da sind sie!“, rief Paul erleichtert.

Doch Adam runzelte die Stirn: „Da stimmt doch etwas nicht“, meinte er.

Tatsächlich fuhr der Transporter in seltsamen Schlangenlinien über die Straße. Paul sah sofort, woran das lag: Die Frontscheibe war komplett mit Schaum bedeckt! Der Fahrer konnte offenbar kaum etwas sehen. Ob er deshalb dauernd hupte? Oder war das Roki, der Paul Zeichen geben wollte?

„Roki“, rief Paul, „Roki, wir sind hier!“

Als der Transporter an ihnen vorbeifuhr, sah Paul ganz kurz eine kleine weiße Roboterhand am Seitenfenster, dann schlingerte der Wagen um die Kurve und war verschwunden.

„Roki!“, rief Paul noch einmal.

„Mein kleiner Roboter!“ Adam riss die Arme empor und ließ sie mutlos wieder sinken.

Fassungslos starrten die beiden dem Wagen hinterher. Da brauste knatternd und hupend ein Pizzaroller heran. Der Fahrer donnerte über die Bordsteinkante und hielt direkt vor Adams Füßen. Es war Gina und sie strahlte über das ganze Gesicht.

„Wir haben sie!“, rief sie. „Kommt schnell, ich zeig's euch.“

Noch eine Überraschung

Gina lotste Paul und Adam in eine Seitenstraße. Paul staunte: Mindestens zwanzig Pizzaboten hatten sich dort mit ihren Rollern aufgebaut und versperrten den Weg wie eine Wand. Der blaue Transporter war mitten auf der Fahrbahn stehen geblieben.

„Eine Pizzabotenblockade“, jubelte Adam. „Das hat die Schufte gestoppt.“

Nach und nach kamen jetzt auch die übrigen Roller angefahren und bildeten einen Ring um den Lieferwagen. Grimmig schauten die Fahrer unter ihren Helmen hervor. Dazu drehten sie an den Gashebeln, dass es nur so dröhnte.

„Paul, du bleibst bei Gina“, bestimmte Adam.

„Aber …!“, wollte Paul protestieren.

Doch Adam war schon auf dem Weg zu dem blauen Wagen. Vor der Fahrerkabine warteten einige kräftige Pizzaboten auf ihn. Gleichzeitig öffneten sie die vorderen Türen. Es war ganz still. Nur der Schaum tropfte platschend von der Windschutzscheibe. Niemand bewegte sich. Keiner sagte etwas. Was war da los? Paul fand die Spannung fast unerträglich.

Endlich traten Adam und die anderen einen Schritt zurück und die falschen Klempner kletterten unbeholfen aus dem Transporter. Sie hielten die Hände über den Kopf und sahen ziemlich mitgenommen aus: Dem Großen standen die Haare zu Berge, die Sonnenbrille hing schief in seinem Gesicht. Der

Kleine hatte schon wieder seinen Bart verloren. Beide bibberten, als hätten sie in einer Gefriertruhe gesessen. Aber wo war Roki? Wieso stieg der kleine Roboter nicht aus?

Paul rannte zu Adam. Vorsichtig machte er einen großen Bogen um die Roboterdiebe. Dann stand er vor der Fahrerkabine und schaute hinein.

„Roki?" Die Kabine war leer. „Wo ist er? Ist Roki im Laderaum?", fragte Paul verwirrt.

Im selben Moment kam Gina um den Wagen herum und hob ratlos die Hände. „Nichts", sagte sie. „In dem Laderaum ist absolut nichts. Roki ist verschwunden."

„Nicht schon wieder", stöhnte Adam. Dann wandte er sich an die falschen Klempner: „Wo habt ihr meinen Roboter gelassen, sagt schon!"

„Keine Ahnung, echt nicht", meinte Eddi kleinlaut.

Und Max: „Ehrlich, eben war er noch da. Er hat unser Auto verhext."

Paul wunderte sich. Die Diebe wirkten plötzlich überhaupt nicht mehr gefährlich. Irgendetwas musste sie völlig verwirrt haben. Oder hatten die 64 Pizzaboten sie eingeschüchtert? Jedenfalls schauten die beiden so verdattert, dass Paul ihnen sofort glaubte: Die wussten wirklich nicht, wo Roki war.

„Was machen wir mit den Kerlen?", fragte Gina. „Soll ich die Polizei rufen, Adam?"

Der Wissenschaftler schüttelte den Kopf.

„Wenn die Polizei hört, dass wir einen Roboter verloren haben, steht es morgen in allen Zeitungen. Das wäre nicht gut."

Gina riss empört die Augen auf. „Wir sollen sie einfach laufen lassen?"

„Ja, bitte." Der mit der Sonnenbrille nickte eifrig. „Den Roboter rühren wir sowieso nie wieder an, oder Eddi?"

„Niemals", beteuerte sein Kollege, „der ist ja gemeingefährlich! Außerdem kennt er unsere Namen. Und die Adresse."

„Aber ..." Gina warf einen zweifelnden Blick zu Adam, doch der winkte nur müde ab. Grummelnd zog sie ihr Handy hervor. „Bevor ihr abhaut, schieße ich ein Foto von euch Verbrechern. Damit können wir immer noch zur Polizei gehen. Capito?"

Paul sah beklommen zu, wie die Diebe wieder in ihren Transporter kletterten und davonfuhren.

„Was machen wir denn jetzt bloß?" Adam ließ sich erschöpft auf den Bordstein sinken.

Paul wollte ihm Mut machen, doch er wusste einfach nicht, was er sagen sollte. Würden sie Roki je wiederfinden? Niedergeschlagen sah er sich um. Die Pizzaboten redeten aufgeregt durcheinander und diskutierten. Ihre Roller mit den bunten Lieferkisten hatten sie in einer langen Reihe auf dem Bürgersteig geparkt. Paul ging näher heran. Auch Ginas Roller mit der frisch bemalten Kiste war da:

NEU: PIZZA MIEZE – MORGENS, MITTAGS UND ABENDS! BENE! LECKER! MIAU!

Bei dem Anblick wurde Paul ganz elend zumute. „Wo bist du bloß, Roki?“, flüsterte er traurig.

„*Piiijub.* Pa-pa-pa – hicks – Paul!“

„Roki?“ Pauls Herz machte einen Sprung. Hatte er sich das eingebildet? Nein, es hatte ganz echt geklungen. Er machte noch einen Schritt auf Ginas Roller zu.

Der Deckel der Lieferkiste war nicht ganz geschlossen, das fiel ihm jetzt auf. Und da! Hatte sich die Kiste nicht ein winziges bisschen bewegt? Paul stand nun direkt vor dem Roller. Er griff nach dem Deckel, hob ihn zögernd hoch – und schaute in Rokis große, leuchtende Augen.

„Aha!“, sagte der kleine Roboter. „Fahren wir – hicks! – jetzt nach Hause?“

Zu Hause

Als Paul, Roki und Adam aus dem U-Bahnhof traten, wurde der Himmel über dem Park schon langsam dunkel. Ein kalter Herbstwind fegte trockene Blätter über die Straße, der Buchhändler an der Ecke holte seine Postkartenständer herein, und Adam nieste schon wieder. Doch als sie in Pauls Straße einbogen, leuchtete das Schaufenster von Valeries Späti warm und freundlich in die Abenddämmerung hinaus.

„Guck mal, Adam“, sagte Paul, „kein Stromausfall heute.“

„Na ja, der Stromfresser war ja auch außer Haus“, grinste der Wissenschaftler. „Aber wenn wir Roki gleich an die Steckdose lassen, garantiere ich für nichts. Ich glaube, er hat einen Mordshunger.“

„*Piijub* – hicks!“, machte Roki schläfrig.

„Die Roboter-Retter – da seid ihr ja endlich!“ Valerie war so erleichtert, dass sie nach Paul auch Adam und Roki an sich drückte.

Nur Gina kam einen Augenblick zu spät für eine Umarmung.

„Mamma mia, das war aufregend", sagte sie und nahm gähnend den Helm ab. Es war wirklich ein langer Tag gewesen.

„Zitronenkuchen für alle!", bestimmte Paul.

„Und Pizza", rief Adam.

Bald darauf aßen sie alle gemeinsam und tranken dazu Ingwer-Rhabarber-Limonade. Gina saß neben ihrem Papa Lorenzo. Der Restaurantchef hatte höchstpersönlich einen ganzen Stapel Pizza vorbeigebracht. Eine Feier zu Rokis Rettung, das wollte er sich um keinen Preis entgehen lassen. Schließlich war er selbst daran nicht ganz unbeteiligt!

„Mein kleiner Robotini", seufzte der Pizzabäcker gerührt. Kein Zweifel, er hatte Roki fest in sein großes Herz geschlossen.

Paul hockte neben Adam auf seinem Lieblingsplatz im Schaufenster. Abwechselnd erzählten sie Valerie, was sie erlebt hatten.

„Also, die falschen Klempner im Pinguinbecken hätte ich auch gerne gesehen", lachte Valerie. „Aber dass die danach einfach so abgehauen sind … Warum haben sie nicht noch einmal versucht, an Roki ranzukommen?" Sie schüttelte den Kopf.

„Na ja", sagte Adam, „versucht haben sie es schon …" Er zwinkerte Paul zu und Paul grinste zurück. Es war ganz gut, wenn Valerie nicht ALLES erfuhr, was an diesem Tag geschehen war. Da waren sie sich einig.

Plötzlich wurde draußen an der Tür gekratzt.

„Aha! Pendler hat auch Hunger", sagte Roki.

Der kleine Roboter saß an seinem Stammplatz neben der Kasse. Nach einer großen Ladung Gleichstrom war er fast schon wieder der alte.

Gina öffnete Pendler die Tür und mit dem Kater schob sich auch Kakao-Kalle hinein. Pendler sprang wie gewohnt sofort auf den Tresen. Alle schauten gespannt, was als Nächstes passieren würde. Sogar Kalle blieb neugierig stehen. Ob der Kater es noch einmal wagte anzugreifen? Doch als Pendler Roki entdeckte, zog er den Kopf ein und duckte sich.

„Er erinnert sich an ihre letzte Begegnung", vermutete Adam.

„Stimmt, der Sturz in die Chipstüten." Paul kicherte.

„Piiijub!" Roki öffnete einen frischen Pizzakarton und stellte ihn vor Pendler hin. „Pizza Mieze. Viel Thunfisch, extra Käse", erklärte er freundlich.

Pendler blinzelte misstrauisch. Er reckte die Nase, er schnupperte – und dann konnte er nicht widerstehen: Gierig machte er sich über die Pizza her.

„Das glaub ich jetzt nicht", flüsterte Valerie. „Sie schließen Freundschaft!"

„Freundschaft, aha!" Roki streckte eine Hand aus und tätschelte dem Kater den Kopf. Ob er dabei seine Kräfte unterschätzt hatte? Jedenfalls tätschelte er viel zu fest. Pendlers Nase wurde tief in den Käse gedrückt. Gut, dass die Pizza nicht mehr heiß war.

„Hmpfh. Miiiaaauuu!“, meckerte der Kater und sprang empört vom Tresen.

„*Pijuuuib?*“, machte Roki. „Fehler?“

„Also weeßte!“, knurrte Kakao-Kalle und streichelte tröstend Pendlers Kopf.

„Das war ja eine kurze Freundschaft“, lachte Valerie

Abwarten, dachte Paul. Schließlich hatte Roki bis jetzt noch jeden rumgekriegt.

Der Zungenbrecher

Als Paul später noch einmal in der Werkstatt vorbeischaute, fiel ihm als Erstes ein neues Möbelstück auf: In der Schlafecke, gleich neben Adams alter Liege, stand jetzt noch ein kleineres Bett. Es hatte genau die richtige Größe für …

„Roki!", staunte Paul. Der kleine Roboter lag schon gemütlich unter der Decke und war in ein dickes Buch vertieft. Über ihm baumelte griffbereit ein Kabel hinab.

Falls er nachts noch einmal Hunger bekommt, vermutete Paul. Adam hatte wirklich an alles gedacht.

„Was liest Roki denn da?", fragte Paul den Wissenschaftler.

„Lexikon der Säugetiere", antwortete Adam und zuckte mit den Schultern. „Vorhin wollte er plötzlich alles Mögliche über Zebras und Hunde wissen. Da dachte ich, wir machen gleich Nägel mit Köpfen."

„Und – ähm – hat er dich auch gefragt, was ein Katzenklo ist?", fragte Paul.

„Das hat er wirklich." Adam schaute überrascht. „Woher weißt du das?"

„Ooch, nur so," grinste Paul, „Roki und ich verstehen uns eben gut, oder Roki?"

„Bot", machte Roki, ohne von seinem Buch aufzuschauen.

Adam hatte unterdessen an einem kleinen Gerät herumgebastelt. Jetzt drückte er auf einen Schalter, dann stellte er den Apparat dicht an Rokis Bett.

„Was ist das?", fragte Paul neugierig.

„Da ist ein empfindliches Mikrofon drin", erklärte Adam. Er

tippte auf einen kleinen Knopf in seinem Ohr. „Wenn Roki sich wieder auf den Weg macht, krieg ich es sofort mit."

„Du hast ihm ein Babyfon gebaut!", staunte Paul. „Als ich ganz klein war, hatte Valerie auch so ein Ding. Aber ich brauche das schon lange nicht mehr."

„Tja, bei Roki ist es umgekehrt", seufzte Adam. „Je größer er wird, desto mehr muss man auf ihn aufpassen. Ich nenne das Ding übrigens Rokifon."

Paul dachte darüber nach.

„Was meinst du, Adam, lassen die falschen Klempner Roki jetzt wirklich in Ruhe?", fragte er schließlich.

„Hoffentlich." Der Wissenschaftler runzelte die Stirn. „Ich frage mich nur die ganze Zeit, wer die eigentlich geschickt hat."

„Du denkst, die beiden haben das Ganze nicht alleine geplant?", fragte Paul.

„Ganz sicher nicht." Adam schüttelte den Kopf. „Was sollen zwei Trottel wie die auch mit einem supermodernen Roboter anfangen? Die sehen doch aus, als könnten sie nicht bis drei zählen."

„Also steckt jemand anderes dahinter", überlegte Paul langsam. „Vielleicht ihr Chef, dieser Klempner Klapilne?" Er hatte den Lieferwagen mit dem komischen Namen noch deutlich vor Augen.

„*Piiijub.* Klapilne. Aha!" Das war etwas für Roki. „Klempnerklapilneklempnerklapilneklempnerklapilneklempnerklapilne." In wahnsinnigem Tempo ratterte er den Zungenbrecher herunter, ohne sich ein einziges Mal zu verhaspeln.

Sofort versuchte Paul es auch: „Klempnerklapilne, Klemperklimpalne – äh, Klampenilne – Klimpelalme – Quatsch!" Wie machte Roki das bloß? „Kla-pil-ne", wiederholte Paul ganz langsam, um den Knoten in seiner Zunge loszuwerden. „Ich wette, es gibt fünfzig verschiedene Möglichkeiten, das falsch auszusprechen!"

„Nicht ganz richtig – aha!", sagte Roki prompt und zeigte auf sein Display. Dort war soeben eine endlos lange Liste erschienen:

Kanlepil, Klinepal, Knilapel ...
Lipalken, Lapiklen, Lenaplik ...
Naliklep, Neklapil, Niplalek ...
Pallikne, Pillanek ...

„Insgesamt 20.160 verschiedene Kombinationsmöglichkeiten", verkündete der Roboter.

„Wahnsinn!" Paul war baff. „Kann das stimmen?"

„Klar", meinte Adam, „wenn Roki das sagt."

„Ja, aber ... so viele verschiedene Wörter – aus so wenigen Buchstaben?" Paul sah sich das Display noch einmal ganz genau an. Und dabei fiel ihm etwas auf.

„Adam", sagte er langsam, „dieser Kollege, von dem du uns

erzählt hast – der versucht hat, den Bauplan für Roki zu klauen. Wie hieß der noch mal?“

Adam sah ihn überrascht an. „Professor Neklapil. Wieso?“

„Deswegen!“ Paul zeigte auf Rokis Bauch. „Da steht es: Ne-kla-pil. Das ist wie Kla-pil-ne. Bloß verdreht.“

„Was?“ Adam beugte sich zu Roki hinunter und starrte auf das Display. „Das würde ja bedeuten … das bedeutet …“

„Dieser Professor Neklapil versucht, Roki zu stehlen“, unterbrach Paul. „Und die falschen Klempner sind seine Helfer.“

Adam schlug sich mit der flachen Hand an die Stirn. „Meine Güte, du hast recht, Paul. Für einen Wissenschaftler bin ich manchmal ganz schön dumm, was?“

„Nicht dumm“, sagte Roki, „nur schusselig. Hehehehehehehe!“ Und dann lachte er, bis sein kleines Bett wackelte.

Wie es weitergeht

Zwei Wochen waren seit ihrem gemeinsamen Abenteuer vergangen. Gleich am nächsten Morgen war Gina mit dem Roller in die Herzbergstraße gefahren, um sich das Hauptquartier der Klempner anzusehen. Aber unter dieser Adresse gab es keine Firma Klapilne, nur ein Musikstudio, eine Reifenhandlung und jede Menge leere Garagen.

An einem Abend hatten die Roboter-Retter sich noch einmal bei Valerie im Kiosk getroffen und beratschlagt, wie sie Roki am besten beschützen konnten. Adam glaubte nämlich nicht, dass Professor Neklapil so schnell aufgeben würde. Und beim nächsten Mal würde er sicher darauf achten, sich schlauere Helfer zu suchen!

Lorenzo hatte angeboten, Roki in seiner Küche zu verstecken, aber das war Adam und Paul natürlich gar nicht recht gewesen.

Valerie hatte vorgeschlagen, das Babyfon fest auf Rokis Rücken zu montieren. Doch wie Gina ganz richtig bemerkte, hätte Adam dann bald keine ruhige Minute mehr.

Für Notfälle hatte Adam Roki seine Handynummer gegeben

– aber kein eigenes Handy. Denn sonst, so meinte er, hätte er erst recht keine ruhige Minute mehr.

Dann hatte Paul Adam daran erinnert, Roki ein E-Mail-Programm einzubauen – für alle Fälle. Doch andererseits ließ sich damit auch jede Menge Unfung anstellen, befürchtete Adam. Am Ende hatten sie einfach beschlossen, dass es am besten war, wenn Roki so schnell wie möglich lernte, auf sich selbst aufzupassen. Etwas anderes blieb ihnen auch gar nicht übrig, denn der kleine Roboter machte inzwischen immer öfter, was er wollte. Das kaputte Knie hatte Adam repariert und so lief Roki nun neugierig im ganzen Haus herum. Paul, Adam und Valerie schärften ihm immer wieder ein, dass er nicht alleine hinausdurfte. Bis jetzt hielt Roki sich daran. Doch was genau in seinem superschnellen Gehirn vor sich ging, konnte man nie wissen. Bis heute hatten sie nicht herausgefunden, wie er es damals geschafft hatte, unbemerkt aus dem Klempnerauto zu steigen und in Ginas Pizzakiste zu klettern. Ganz gleich wie oft sie ihn fragten, Roki lachte immer bloß und sagte: „Bot!"

Aber wie auch immer, Hauptsache, er hatte es geschafft.

Paul seufzte zufrieden und sah zu, wie Roki wieder einmal sein Zimmer erkundete. Eben hatte er den Globus auf Pauls Schreibtisch entdeckt:

„Aha. Ein runder Stadtplan."

„Stimmt, so ähnlich." Paul stellte sich neben Roki und knipste das Licht im Globus an. „So sieht die Erde aus dem Weltraum aus“, erklärte er. „Hier sind wir, das ist Berlin.“ Er zeigte darauf.

„Interessant.“ Roki ließ seine Augen aufleuchten. „Und da?“

„Das ist Schottland. Und da – Brasilien.“

„*Pijuuuib?*“ Plötzlich drehte der kleine Roboter sich um und schaute Paul neugierig an. „Du weißt sehr viele Sachen“, sagte er. „Wo füllst du dein Rokipedia auf?“

„Wo ich – was?“ Paul überlegte kurz, was Roki meinte. „In der Schule“, lachte er dann. „Da gehe ich jeden Tag hin und lerne etwas Neues.“

„Aha! Kann ich morgen mitgehen?“, fragte Roki prompt.

An diesem Abend konnte Paul wieder lange nicht einschlafen. Immerzu ging ihm durch den Kopf, was Adam damals in der Pizzeria gesagt hatte:

Wenn Roki so weitermacht, kann er irgendwann mit dir zur Schule gehen.

Paul grinste erwartungsvoll. Gleich morgen früh würde er Adam sagen, dass es nun bald so weit war.

Bei diesem Buch wurden die durch das verwendete Material und die Produktion entstandenen CO_2-Emissionen ausgeglichen, indem der cbj Verlag ein Projekt zur Aufforstung in Brasilien unterstützt. Weitere Informationen zu dem Projekt unter: www.ClimatePartner.com/14044-1912-1001

FSC www.fsc.org MIX Papier aus verantwortungsvollen Quellen FSC® C010328

Wir produzieren Klimaneutral ClimatePartner.com/14044-1912-1001 Druckprodukt

Penguin Random House Verlagsgruppe
FSC® N001967

2. Auflage 2021

Umschlaggestaltung: semper smile Werbeagentur GmbH, München
Umschlagillustration von Nikolai Renger
Innenillustrationen: Nikolai Renger
TP · Herstellung: AJ
Satz: dtp im Haus
Reproduktion: Lorenz & Zeller, Inning a. Ammersee
Druck: Alföldi Nyomda Zrt., Debrecen
ISBN 978-3-570-17390-9
Printed in Hungary

www.cbj-verlag.de

Andreas Hüging verbrachte 20 Jahre als Musiker, Texter und Komponist in Hamburg und mit Bands on tour, bevor er zu schreiben begann. *Angelika Niestrath* war Buchhändlerin, arbeitete für Verlage und als Beraterin. Seit einiger Zeit schreiben und entwickeln die beiden auch gemeinsam Kinderbücher und dazu Bühnenshows mit Musik. Das Duo lebt in der Grafschaft Bentheim und auf Reisen.

Nikolai Renger ist in Karlsruhe geboren und studierte Visuelle Kommunikation an der HFG in Pforzheim. Er ist als freiberuflicher Illustrator für verschiedene Verlage und Agenturen tätig und arbeitet seit 2013 im Atelier Remise in Karlsruhe.